Oleandermond
über Elba

Florian W. Huber

Oleandermond über Elba

Bibliografische Information der Deutschen Nationalbibliothek: Die Deutsche Nationalbibliothek verzeichnet diese Publikation in der Deutschen Nationalbibliografie; detaillierte bibliografische Daten sind im Internet über www.dnb.de abrufbar.

Impressum
Ersterscheinung 2017
Alle Rechte liegen beim Autor © 2017
Lektorat und Korrektorat: Mica Deinhardt
www.lektorat-deinhardt.de
Umschlag-Foto: F.W.H., Capoliveri, Elba
Herstellung und Verlag:
BOD – Books on Demand, Norderstedt
ISBN 978-3-7431-9036-8

Für meinen Vater

*In einem Buch ich Weisheit such
und finde dort doch einen Ort,
an dem Glück und ich sich
Spiegel stehn, nur um uns still
dort anzusehn.*
F.W.H.

Wenn du die Geschichte einer jungen Frau erzählen willst, beginne bei ihrer Großmutter, verriet mir eine Stimme, die ich bis dahin nicht kannte, und ich war frei genug, ihr zu folgen, alle Pläne für dieses Buch beiseite zu legen und nur noch zu hören.

1

„Woher stammen all diese Briefe?", wollte Raffaella wissen, während sie gemeinsam die letzten Sachen aus dem Zimmer räumten. „Sind sie von dir?"

Florentina lächelte, als hätte sie gehofft, dass ihre Enkelin genau dieses Kästchen in die Hände bekam.

„Nein, sind sie nicht", gab Florentina bestimmt zurück, „aber sie sind schön."

„Und alt."

„Ja, das stimmt", antwortete Florentina, die nun endlich genug vom Leben an der

Küste hatte. Fünfzig Jahre am Meer mussten reichen! Jetzt, mit Ende sechzig, hatte das kühle Bergland mehr zu bieten. Es hatte Kraft und Atem, den sie nun immer öfter brauchte, als müsste sie in ihrem Alter eben doch noch lernen, was *importieren* heißt. Und: Bäume. Da oben gab es sie noch, die alten Kiefern und Akazien, und die Elbaner wussten: Die Menschen regieren den Raum, die Bäume und das Meer aber herrschen über die Zeit. Doch vom Meer und den alljährlich wachsenden Touristenschwärmen hatte sie nun endgültig genug. Die Wellen, die doch nur ihre immer gleichen Choreografien formten, waren ebenso gut von dort oben aus zu sehen, und was war *il mare* denn am Ende mehr als ein riesiger Spiegel?

Alles in Florentina war bereits darauf eingestimmt, in das grünere Herz der Insel zu ziehen, zurück in ihr Elternhaus, umrahmt von wedelnden Eukalyptusbäumen, blumig duftenden Orangenhainen und den wandernden Schatten alter Steineichen.

„Wenn sie nicht von dir sind, woher sind sie dann?", holte Raffaella ihre Großmutter in das fast leere Zimmer der Gärtnerei zurück.

„Lies doch", winkte Florentina ungeduldig. Es war lange her, dass sie so einen *turn* – wie Raffaella diesen Umzug nannte – gemacht hatte. Ja, wenn sie genau überlegte, konnte sie sich überhaupt nicht erinnern, schon einmal so bewusst umgezogen zu sein. Nicht als sie mit neunzehn aus dem Haus ihrer Eltern in die kleine Wohnung an der Piazza gezogen war, und auch nicht, als sie später die Gärtnerei in Porto Azzurro, nur einen halben Kilometer vom Hafen entfernt, übernommen hatte.

Doch Raffaella zuckte nur mit den Schultern, während ihre Nase bereits in der Aura der alten Briefe tauchte. Entschlossen hielt sie die Blätter in der Hand. Nur eine lange Strähne, die es sich nicht nehmen ließ, ihre Wangen zu necken, hielt sie noch vom Lesen ab. Doch der Geruch der alten Briefe war stärker. Geführt vom Zauber der ersten Worte, wandelte sie in den Garten hinaus.

„Hast du mein Haarband gesehen?", sprach sie noch im Gehen zu Florentina ohne sich nach ihr umzudrehen.

„Hängt es nicht im Auto über der Sonnenblende, Liebes?" Stimmt, Florentina hatte recht, aber sie wollte jetzt nicht eigens dafür zum Auto gehen. Diese Briefe waren so anders!

Neugierig sank sie in den sonnengebleichten Stuhl auf der Veranda, der mindestens so alt wie ihre Nonna war, und steckte das schwarzhaarige Biest von Strähne, das noch immer um ihre Aufmerksamkeit buhlte, einfach zurück hinters Ohr, fest entschlossen, jetzt für ein paar Minuten ungestört zu lesen.

Das alte Papier warb mit all seiner Kunst. Die Zeichen darauf waren so fein! Hier hatte kein Kugelschreiber seine Worte gegen die Faser gepresst, um seinen Willen auch noch auf der anderen Seite hinauszuschreien.

Nein, dieses Papier war nicht bedrängt worden! Es fühlte sich an, als hätte jemand einfach alles darüber fließen lassen, was in diesem Moment über ihn gekommen war, und der Schrift nach mussten es zwei gewesen sein, die dieses Schicksal teilten.

„Da ist ja alles durcheinander!", rebellierte Raffaella ungeduldig, nicht ahnend, dass ihre Nonna noch in der Nähe war.

„So ist das eben, wenn man verliebt ist", zwinkerte Florentina ihr neckisch zu, während sie die letzten kleinen Töpfe von der Veranda in die leere Orangenkiste packte.

„Sind das Liebesbriefe?"
Florentina nickte.

Andächtig glitt Raffaellas Blick zurück aufs Papier. Ein Teil in ihr suchte noch immer nach der geheimen Ordnung, während ein anderer längst begonnen hatte zu lesen.

„Wie alt sind diese Briefe denn?"

„Was sagst du, Schatz?", hallte es durch den Gang zurück. Raffaella hatte gar nicht bemerkt, dass Florentina bereits wieder auf dem Weg zum Wagen war.

„Wie alt sind diese Briefe?", fasste Raffaella etwas lauter nach, als müsste sie dabei gleich ein paar Jahrhunderte überwinden.

„Keine Ahnung. Macht das denn einen Unterschied?", gab Florentina matt zurück, während sie sich den Schweiß von der Stirn wischte. Der Sommer hatte die Insel gleich mit einem Schirokko überfallen.

„Ich weiß nicht. Sie sind sehr poetisch."

„Wie Liebe eben ist, oder?"

Raffaella blickte verwundert auf. Die Selbstverständlichkeit mit der ihre Nonna über diese Dinge sprach, irritierte sie. Und der Anblick des erdfarbenen Topfes, den sie dabei wie ein Kind vor ihrem Bauch in den Armen hielt, weil er nach all den Jahren hier in der Gärtnerei immer noch nicht laufen gelernt hatte, tat sein Übriges dazu.

„Das ist doch ..."

„... altes Deutsch."

Raffaella nickte. Ihre Gedanken befanden sich nun wieder auf sichererem Terrain. Wenn sie etwas in der Schule gelernt hatte, dann waren es Sprachen, und Deutsch hatte sie immer gemocht, auch wenn sie damit in ihrer Klasse ziemlich alleine war. In dieser Sprache gab es so viele Gelegenheiten, über sie zu diskutieren. Im Italienischen gab es das nicht. Italienisch war ihre Muttersprache, und Muttersprache stand eben nicht zur Diskussion, schon gar nicht, wenn einen die eigene Mutter verraten hatte – so kurz vor der *maturità* – sie und ihr Architekten-Guru aus Florenz, der einfach eines Tages mit seinem silberfarbenen Cabrio auf den kleinen Parkplatz ihrer Gärtnerei gestromert kam. Er und sein Akita. Doch was im ersten Moment so verspielt klang, war gar kein Hundename, sondern eine Rasse. Eine, die klug genug war, sich ihre Besitzer selbst auszusuchen, wie sie dieser für die Insel viel zu gut gekleidete Mann Anfang fünfzig wissen ließ, ohne dass sie danach gefragt hatte. Verdammt, dass so ein Umzug auch immer alles aufwühlen musste! Sie konnte sich sogar noch an den Namen des Hundes erinnern.

„Yuuukon" hatte sie ihm damals leicht gebückt zugeflötet, nicht ahnend, dass dieser Mann nur wenige Stunden später Hand in Hand mit ihrer Mutter die letzte Fähre in Richtung Festland besteigen würde.

Wie sehr hatte sie sich in diesen Tagen Regen gewünscht! Regen, der das Haus, die Scheune, die Parkplätze und das Gewächshaus wusch. Tagelang hatte es nach dem Ekel der Markierungen gerochen, den dieser Mann und sein Akita hinterlassen hatten. Doch der Regen, er blieb aus, und sie hatte Monate gebraucht, um zu verstehen, wer sich hier für wen entschieden hatte, und warum das alles an einem ganz normalen Mittwochnachmittag geschehen war, ohne dass sie jemand davor hätte warnen können.

Wehmütig warf Raffaella einen scheuen Blick über die Schulter, sah durch die offene Terrassentür in das nun fast leere Zimmer. Ihre Nonna hatte hier gelebt, seit sie denken konnte. Es war eben doch ein Abschied. Aber anders als der ihrer Mutter damals. Damals hatte es keinen Abschied gegeben. Nur ein paar hastig verdruckste Worte, Geglucke, das selbst die Hühner, die den langen Streifen am Gewächshaus bewohnten, besser hätten deuten können. Aber das alles lag nun fast ein Jahr zurück. Ein Jahr, an das sie keine Erwartungen gehabt hatte, weil sie nie damit gerechnet hatte, so eine jemals zu brauchen.

Ihr Blick fiel zurück auf die Briefe. Regungslos weilten sie zwischen ihren Fingern und ertrugen gelassen die Bedeutungslosigkeit, mit der sie sie gerade behandelte. Ihr Kopf war nicht frei genug für etwas Schönes. Doch die Briefe hatten Anstand, gestatteten ihr den Anflug von Wehmut. Sie hatten etwas Weises an sich, so weiß wie sie dort in ihren rot getünchten Fingern lagen. Verdammt, das hatte sie gar nicht bemerkt! Die Töpfe, die sie ein paar Minuten zuvor noch geschleppt hatte, hatten also doch abgefärbt! Rasch wischte sie das Rot in ihr dünnes Kleid. Kleider konnte man waschen. Briefe nicht. Sie musste vorsichtig sein!

Verschwiegen lächelten die ersten Zeilen sie an. Das Papier war so fein! Es musste kostbar sein. Ja, ein wenig fühlte sie sich in ihrer Anwesenheit wie eine feine Dame. Doch die rotbraune Erde, die am Blattrand durch ihre Fingernägel schimmerte, wusste noch von ihrer wahren Herkunft zu erzählen. Nein, sie war gewiss keine Lady! Erde war unbestechlich! So wie damals, als sie trotz Lernstress in der Abschlussklasse gleich nach der Schule bei der Ernte der Agrargenossenschaft geholfen und alles für die kleinen Verkaufsstände an der Straße verpackt hatte, damit die Touristen es von dort tütenweise an den Strand schleppen konnten! Ja, *bella vita*, das hatten die anderen. Doch in jenen Wochen hatte sie das Wühlen in der Erde gebraucht! Sie musste einfach etwas Neues wachsen sehen, etwas, das hier auf dieser Insel wuchs und nicht anderswo.

Die Erde und das Meer, Nonna und Papà, sie waren ihr Halt gewesen, als Mamma ihre Gärtnerei für diese städtische Fassade von Mann verlassen hatte. Es war, als hätte jemand das Meer geteilt und die Fährbrücke zum Festland gleich mit zerschlagen. Keiner von ihnen wollte die ersten Wochen freiwillig dort hinüber. Seit der Architekt mit seinem Akita über ihre Gärtnerei hereingebrochen war, waren auch die Grenzen neu vermessen. Piombino war nun das Tor zu einer anderen Welt, und sie versuchten es zu meiden wie das Gift, das niemand gerne nahm, um seine Pflanzen vor den Schädlingen zu schützen, und es doch tun musste, wollte er überleben.

Raffaella blickte sich noch einmal um. Das Zimmer in ihrem Rücken war noch immer leer. Es tat gerade gut, allein zu sein.

Papà hatte um dieses Gift gewusst. Trotzdem war er mindestens zwei Mal abends mit der letzten Fähre aufs Festland gefahren, nur um am nächsten Morgen mit rot verquollenen Augen zurückzukehren. Von diesen beiden Malen hatte sie gewusst, die anderen wusste sie nicht und sie hatte sich geschworen, ihn auch nie danach zu fragen. Zu sehr liebte sie ihn, und daran änderte sich auch nichts, als Mamma ein halbes Jahr später zurück auf die Insel kam. An einem Dienstagmorgen, es war leicht bedeckt, und die

Maturaprüfungen hatten gerade begonnen – nur einen Tag, nachdem sie zur Frau geworden war. Doch davon konnte Mamma ja nichts wissen.

Raffaella atmete tief durch. Yoga wäre jetzt gut! Es war eines der Rituale, das aus der Zeit *nachdem* stammte. Nachdem. Dieses Wort hatte seitdem eine ganz eigene Bedeutung in ihrem Lebenswörterbuch: Nachdem; temporale Präposition, die die Zeit einleitet, in der Mamma uns verlassen hat. Und in Klammern dahinter: [einstweilen]. Für die Wiederkunft gab es kein Wort in diesem intimen Buch, das nur in ihren Gedanken existierte. Aber sie erinnerte sich noch genau, als sie nach der ersten Prüfung nach Hause kam – ausgerechnet Mathe! – und den silbrig glänzenden Koffer, der einem Astronauten hätte gehören können, im Hausgang stehen sah, umgarnt von einem Haarspray, das sie hier noch nie gerochen hatte.

Raffaella schnappte nach Luft. Jetzt brauchte sie doch einen Break! Mit geschlossenen Augen ging sie dem Fluss ihres Atems nach, faltete ihre Hände vor der Brust und wartete, bis all der schwere Honig von den Gärten von Boboli in der Erde verschwunden war. In diesen Bildern bestimmte sie das Tempo! Sie ließ ihn aus Blüten tropfen, dick und zäh, langsam genug, dass sie wieder entspannt atmen konnte. Dann ließ sie die Erde sich öffnen und all den Honig, der nach Haarspray und viel zu teuren Boutiquen roch, einfach in der Erde versickern. Und mit ihm all die Spuren von hellrotem Lippenstift, der sich so naiv an die von Prosecco perlenden Gläser gepresst hatte, die es speziell auf Vernissagen gab. Dann ließ sie die Erde sich wieder schließen, wartete noch einen Augenblick, ob sie auch nichts vergessen hatte, ließ alles unter der Grasdecke verschwinden, pflanzte ein paar schöne Blumen darauf und kehrte in ihrem eigenen Tempo auf die noch immer leere Veranda zurück. Bilder-Yoga nannte sie das. Und sie ließ es tropfen, ohne sich selbst zu bewegen. Jetzt war sie ganz hier.

Geduldig warb das alte Papier noch immer um das Blitzen ihrer Augen. Dieser harte und klare Duktus des Deutschen, den man sich nur so schwer gesungen vorstellen konnte, stand jetzt ganz nah bei ihr. Nicht, dass sie daran zweifelte, dass man in deutschen Lettern nicht auch lieben konnte, aber Lieben war das eine, Tanzen eben etwas ganz anderes. Und doch musste es diesen Tanz auch in dieser Sprache geben, so wie es ihn in jeder Sprache gab.

In wenigen Wochen würde sie endlich einen der alten Hörsäle in Florenz betreten und wenn sie dabei ein leichtes Wippen in ihrer Hüfte hätte, würde ihr das sicher nicht schaden. Ja, diese Briefe waren eine Aufforderung. Antipasti vom Feinsten! Der Tanz hatte begonnen!

„Frag mich ruhig, wenn du etwas wissen willst", bot Florentina lächelnd an, während sie sich schnell noch ein paar Sachen unter den Arm klemmte. „Ich bringe das hier inzwischen ins Auto. Meinst du, Babbo kocht uns was?"

Raffaella zuckte unbeteiligt mit den Schultern. Papà, Essen, Auto. Das alles war mit einem Mal so weit weg. Sie war froh, endlich ganz hier zu sein, und war doch bereits dort, wo es keine Eltern und keine Autos gab.

Du Schöne,
hier, neben deinen Kleidern, ein paar Zeilen, verwahr sie gut, wenn sie dir nur teuer genug erscheinen. Allein, viel näher kann ich dir nicht sein.

Oh, wie freut mich dieses Stück Papier! So oft schon waren wir gemeinsam hier und doch bleibst du mir sicher fern. Wie kommt's?

Glaube mir, ich würd sehr gern ein Stück noch näher bei dir sein! Allein, die Tugend unterbindet's. Doch zieh nur weiter deine Kreise, im stillen See und lass uns leise spannen dieses lieb' Geflecht. Die Vögel geben auf uns acht. Der Habicht ist ein guter Freund.

Ein kleines Spiel? Das steht uns gut. Ist doch die Welt schon starr genug! Oh, wie ich das Wasser liebe, wenn es prickelnd um mich greift, in Wellen meine Schenkel streift! Ich wünschte nur, es wärest du! Doch nein, ich will dich nicht verführen! Lieber halt ich hier in Ehren dieses eine Stück Papier, ein Teil der Welt, der ich gehör, oh, komm bald wieder, treuer Freund. Der Farnwald gibt uns beiden Schutz.

*Meine Teure,
hör nur gut, du brauchst mich gar nicht lang zu bitten! Wie könnt ich morgens Sonnlicht sehen, ohne an den See zu gehen. Allein, die Kirche hält mich auf, ich suche sie, sie gibt mir Raum und viele neue Fragen auch. Fragen, die der See – ich fürcht – mir nicht bereden kann. Ich trag sie trotzdem, stumm und gern.*

*Oh, mein Treuer,
komm und nimm nur alle Fragen mit! Und will die Sonne mal nicht scheinen, will ich doch für dich das Wasser teilen. Wie sehr ich es doch jetzt schon liebe, dich durch das hohe Gras zu sehn. Die Fragen, fürcht ich, stehn dir gut. Trag sie nur, ein schicker Hut, am Ende ist es wohl der Kopf, der über unser Glück entscheidet.*

Oh, wie klug du hier von allem sprichst! Und doch verspielt so wie ein Reh, das über feuchte Moose tanzt, eins mit den Erlen und den wilden Rosen.

Rosenduft, das hör ich gern, doch wie weit bin ich dir fern! Allein, der See, er ist so weich und doch die Welt den Stacheln gleich. Wie ist es nur um uns bestellt, wie eng's mir wird in dieser Welt. So komm nur bald und ruf mich wieder. Alleine, fürcht ich, wird mir kalt.

Meine Schöne,
darfst der Welt nicht gram schon sein. Du bist zu jung, zu stark, zu fein. Lass uns nicht von Grenzen sprechen! Wie gern würd ich ins Wasser eil'n! Allein, mein Stand gebietet es nicht. Hier, die Böschung, mein Revier, hier bin ich sicher, bleib bei dir, bin ein paar Stunden aus der Stadt. Mein Reich ist wohl von dieser Welt.

Dein Reich ist nicht von dieser Welt, das weißt du ebenso wie ich, doch will ich dich nicht dafür tadeln. Wie gern würd ich dich atmen hören, mit deinem Kopf an meinem Busen. Du bist das Ufer, ich der See. Zusammen sind wir die Natur und können beide nichts dafür.

Natur, mein Liebes,
bin ich gern und doch so weit der helle Stern. Oh, wie frech sind doch die Farne, die dort am weichen Waldesrand um deine hellen Waden buhlen! Drum sei nur See, wenn du es fühlst, ich trage meinen Teil in Ehren, bin Ufer, schweigsam und auch leer und nehme still

das Wasser auf, das überläuft auf meinen Bauch, wenn du dort nackt ins Wasser steigst.

Oh, mein Ufer, Sonnenstern,
wie hab ich dich doch jetzt schon gern. Im Wasser dort bin ich dir nah. Ich kann dich spüren, an mich zieh'n, mit bloßem Munde runter führ'n, nur um dich wieder auszuspeien, als wäre nichts gewesen.

So ist die Vorsicht hohe Zier. Die Gier, wer weiß, längst hätt sie uns schon weggeschafft. Die Kirch allein, Gott weiß, sie könnt uns nicht mehr helfen.

Ach, mein Teurer,
Zier wie diese steht mir nicht und doch werd' ich sie für dich tragen. Morgen bin ich in der Stadt, verkaufe meine Kleider dort, andere als diese hier, und hoffe dann, du kennst mich noch.

Erstaunt blickte Raffaella von den Briefen auf.
„Nonna?!"
Den Stimmen nach war Florentina irgendwo dort draußen vor dem Haus. Vermutlich half ihr Papà gerade, die letzten Kisten in den R4 zu laden.

„Nonna?", setzte sie beherzt noch einmal nach, während sie gleichzeitig dem kleinen Pfad von der Terrasse durch den Garten folgte. Sie musste sich ganz schön strecken, um über die Hibiskushecke auf die Straße blicken zu können.

„Was ist mein Schatz?", gab Florentina noch immer schwer bepackt zurück. Raffaella musste wie ein Blumengeist ausgesehen haben, mit all den blassblauen Blüten in ihrem Gesicht.

„Gibt es Farne oben am Haus?"

„Farne?"

„Ja, Farne."

„Nicht, dass ich wüsste. Warum fragst du?"

„Nur so."

„Wenn du Farne willst, fahr doch zur Quelle bei Antonio. Dort findest du ein ganzes Meer. Es gibt auch Adlerfarne dort."

„*Felce Aquilina*", flüsterte Raffaella. Adlerfarn war das erste Wort, das ihr Florentina als Kind in den Bergen beigebracht hatte. Zumindest das erste, an das sie sich erinnern konnte. „Eigentlich ziemlich ungewöhnlich", kommentierte sie leise, noch immer auf gespitzten Zehen. Vielleicht waren frech wedelnde Pflanzenarme für Kinderaugen aber auch nur einfach gesprächiger als dieses ewig wiegende Blau von Meer. Immerhin hatte man neun Monate in so einem Meer verbracht. Farne gehörten zu der Welt dort draußen und genau da wollte sie jetzt hin!

„Bei Antonio?"

Die Blüten des Hibiskus kitzelten sie noch immer frech an der Nase.

„Ja, bei Antonio. Oben bei der Fonte Emilia. Hattest du nicht eine Schulfreundin dort oben? Wie hieß sie doch gleich ..."

„Maria."

„Ja, Maria."

„Kann sein. Ich war nie bei ihr zuhause. Kann ich deinen Wagen haben?"

Florentina zögerte einen Moment. Ihr Kopf war schon ein wenig müde von dem ganzen Packen und Sortieren, und so musste sich die Frage erst an all den Schubladen vorbeidrängen, die sie seit Tagen für den Umzug in ihrem Kopf angelegt hatte. Doch für Raffaellas Frage wollte gerade keine so richtig passen.

„Was ist?", hakte Raffaella ungeduldig nach. Etwas in ihr hatte bereits Angst, den Markt in der alten Stadt am See zu verpassen. Doch die Terrasse hinter dem kleinen Häuschen der Gärtnerei war hierfür nicht der richtige Ort.

„Kulisse ist alles!", hatte Roberto Fini sie gelehrt. Viele ihrer nun ehemaligen Lehrer hatten so eine Instant-Meta-Weisheit in ihr hinterlassen, und es war Raffaellas Idee gewesen, ihnen ein ganzes Kapitel ihrer letzten Schülerzeitung zu widmen. Die Weisheit von Fini saß noch erstaunlich gut, irgendwo zwischen Hippocampus und limbischem System. Kein Wunder, war ja auch erst ein paar Wochen her! Sie musste sich erst noch an den Gedanken gewöhnen, keine Schülerin mehr zu sein.

„Ich weiß nicht", holte Florentina sie in die Gegenwart zurück. „Wollen wir nicht erst etwas essen? Papà hat Fisch ...

„... Spada!", stahl sich Federico findig dazwischen, bepackt mit der letzten Kiste Küchenutensilien. „Zur Feier des Tages gibt es Schwertfisch."

Vorsichtig bog Raffaella die kitzelnden Zweige aus ihrem Gesicht.

„Oh, Babbo", tröstete sie ihn mit wachen Augen, während sie gleichzeitig ihre nackten Zehen streckte, um sein Gesicht besser sehen zu können. „Ich hab grad keinen Hunger, aber wenn ich zurück bin, ja? Ich bin nicht lange aus."

„Meinetwegen", willigte Federico ein. Sein Vaterherz war schon immer groß genug für all die bezaubernden Raffaellas, die in seiner Tochter wohnten. „Aber fahr vorsichtig, ja? Das Sammelsurium im Kofferraum schiebt ganz schön. Du musst im kleinen Gang die Straßen runterfahren. Hörst du?"

Certo.

Und nur wenig später schlüpfte Raffaella so erquickt aus dem Haus, als wäre sie eben selbst einer Quelle entsprungen, und die alten Briefe in ihrer Hand trieben sie aufgeregt wie kleine Flügel an.

„Ach, ja. Kann ich die mitnehmen? Ich möchte gerne noch ein bisschen darin lesen."

„Kannst du", gab Florentina feierlich zurück, während sie ihr die fein klingelnden

Wagenschlüssel übergab, Schlüssel, die ebenso gut zu einem geheimen Schloss hätten gehören können.

2

Raffaella war, als würde sie selbst den ganzen Weg durch den Wald in die Stadt gehen, nachdem sie Florentinas Wagen unter ein paar schattigen Kiefern geparkt hatte. Sorgsam folgte sie dem Pfad, immerzu an dem kleinen Bächlein entlang zur Fonte Emilia. Mit jedem Schritt spürte sie das Verlangen ein Stück mehr, das auch die Frau mit der zarten Schrift gespürt haben musste, als sie mit einem ganzen Korb selbstgenähter Kleider in Richtung Stadt gegangen war, nur um ihn zu sehen, wer auch immer er war.

Es dauerte eine Weile, bis sie dort oben einen Platz gefunden hatte, an dem sie sich ganz sicher wusste.

„Alles ist Kulisse", summte sie beschwingt, während sie sich ihren Sitzplatz mit einer Decke zwischen den hellgrün leuchtenden Farnen zurecht machte.

„Wenn ihr euren Text lernt, lernt nicht die Worte", erinnerte sich ein Teil in ihr an Roberto Finis Stimme. „Schaut euch vielmehr die Kleider, die Häuser, all die alltäglichen Dinge an, die euch umgeben. Alles ist Kulisse! Fühlt euch, als wärt ihr Modell in eurem eigenen Bild. Aber sprecht wie der Maler! Diese Brücke müsst ihr finden, dann habt ihr das Stück! Und mit etwas Glück noch eine ganze Menge mehr."

„Gut, dann wollen wir mal sehen", begann Raffaella die Briefe weiter zu befragen. Und sie las noch einmal die letzten Zeilen.

Ach, mein Teurer,
Zier wie diese steht mir nicht und doch werd'
ich sie für dich tragen. Morgen bin ich in der
Stadt, verkaufe meine Kleider dort, andere als
diese hier, und hoffe dann, du kennst mich
noch.

Aufmerksam wühlte sie in dem Packen Briefe. Sie konnte noch immer kein Datum entdecken. Ja, war es denn nicht unhöflich, einen Brief nicht zu datieren? Sie mochte diesen Zug an sich nicht, aber sie konnte sich nur schwer dagegen wehren. Dieser heimliche Drang nach Perfektion war neben der Erde und dem Yoga still und leise an den Platz getreten, den Mamma leer zurückgelassen hatte. Damals, als sie so plötzlich mit diesem Fremden auf Reisen ging, zum ersten Mal in ihrem Leben, ohne Plan und ohne Rücktrittsversicherung.

„Was macht dich so sicher, dass es in diesen Briefen um Liebe geht?", forderte sie eine andere Stimme heraus, ein anderes Ich, das sie aus der Theaterarbeit kannte.

„Ja, du hast recht. Was ist es denn mehr als eine romantische Spielerei! Nichts weiter! Und wer weiß, ob es diesen See und diese alte Stadt überhaupt gegeben hat!"

Oder hatte sie da was übersehen? Möglicherweise war das alles an einem Ort geschehen, an dem dieses kleine Spiel keine Selbstverständlichkeit war. Oder aber es spielte in einer Zeit ...

Verdammt, sie musste Nonna unbedingt noch mehr zu den Briefen fragen! Ja, bei aller Liebe: Wie konnte sie ihr nur erlauben, diese anmutigen Briefe zu lesen, ohne ihr ein Gerüst zu geben! Nein, Roberto Fini hätte es besser gewusst! Er hatte sie vor jedem Stück sorgfältig mit der Aura seiner Zeit gefüttert, so weit, bis sie gerade satt genug waren, um schon am nächsten Tag wieder danach zu fragen. Fini war ein phantastischer Lehrer!

Sie warf noch einmal einen Blick hinunter zum Parkplatz. Einsam schimmerte der mintgrüne R4 im Schatten der großen Steinkiefern. Einsam genug für diese Stunde.

Nun war sie wieder ganz bei ihr. Schritt für Schritt spürte sie, wie die nackten Füße der jungen Frau an die harten Wurzeln der Bäume stießen, um sich für einen Moment ein anderes Gefühl abzuverlangen als das, das sie überkam, wenn sie nackt im See ins Wasser stieg, sehnsüchtig ahnend, dass er irgendwo dort draußen auf sie wartete. Mit jeder Wurzel presste sie die keimende Lust in den wippenden Bauch des Waldes zurück. Sie musste sich beeilen, wollte sie den Markt in der Stadt noch vor Mittag erreichen. Sie mochte diese Stadt nicht sonderlich, sie war arrogant und doch einfältig, aber ein paar Mal im Jahr brauchte sie diese Stadt, ihre windig schmalen Straßen und ihre Menschen. Für sie hatte sie all die Wochen genäht und heute auch für ihn.

Zum ersten Mal, seit sie in dieses Dorf nahe den großen Wäldern geboren wurde, so kurz bevor ihre Mutter starb, ging sie nicht allein wegen des Geldes in die Stadt, und doch durfte ihr niemand ansehen, welchen Reichtum sie in ihrem Herzen trug. Keine ihrer Regungen durfte ihn verraten! Das war der Rhythmus, den sie jetzt ihren Füßen befahl. Das alles sprachen die Briefe, ohne dass es je geschrieben stand. Doch Raffaella konnte es sehen.

Alles im Leben ist Kulisse, zwinkerte sie ihr noch einmal mutig zu, während sie gespannt weiter zwischen den Zeilen las.

Sie sah, wie diese Frau im Gehen ihr langes, schwarzes Haar zurecht machte, es mit einer Hand geschickt nach oben band, nur um es kurz darauf wieder fallen zu lassen. Schwarz und strähnig, ja, so durfte es sein. Es sollte gar nicht anders sein, als er es kannte. Und doch wollte sie um so vieles schöner sein! Natürlich musste sie sein, natürlich und fein – wie das Reh, das er an ihr so lieb gewonnen hatte. Aber verraten, nein, verraten durfte sie sich nicht! Nicht vor dieser Stadt!

„Das Reh, das über hundert Wasser tanzt", flüsterte Raffaella aufgeregt dazwischen.

Und so eilte sie ein wenig zu freudig durch das offene Tor zum Markt hinauf. Als Fürstentum nur eines von vielen, als Stadt jene, die nur ihm Heimat war. Das Feilschen hatte begonnen.

Noch nie war ihr der Weg hinauf zum Markt so kurz und doch so lang vorgekommen. In jedem Gesicht, das sie aus einem der schmalen Häuser in das Gewirr der Straße kommen sah, suchte sie ihn, und doch wusste sie, dass er nur aus diesem einen Haus hätte kommen können. Heller war es als die anderen und seine Fenster mit jenem edlen Glas befüllt, das nur wenige besaßen. Und doch gehörte es so sehr hier her, wie der Brunnen, auf dessen Sims sie nun den Korb mit all den selbst genähten Kleidern stellte.

Kaum hatten ihre schmalen Arme das kühle Nass berührt, um sich ein wenig zu erfrischen, fanden sich auch schon die ersten Damen ein. Gleich wollten sie ein paar der besten Stücke beäugen, betasten und beriechen, genau in dieser Reihenfolge. So war das Ritual. Und die junge Frau wusste: Sie durfte keines mit im Korb haben, das sie beim letzten Mal wieder mit nach Hause getragen hatte. Dieses Wissen war so viel wert wie all das Nähen, das sie bei ihrer Ziehmutter gelernt hatte. Hier ging es nicht um ihre Würde! Es war die Würde derer, die nicht etwas haben wollten, das auch letztes Mal schon niemand wollte.

So waren die Gesetze dieser Stadt, und zum Glück beherrschte sie ihr Handwerk gut genug, um nur selten eines der Kleider wieder den ganzen Weg zurück ins Dorf zu tragen, denn ein Kleid, das nicht verkauft wurde, hatte nur noch eine Chance: Es musste warten, bis jemand aus dem Dorf in die weiße Stadt fuhr, drei Tagesritte von hier entfernt. Doch das geschah so gut wie nie.

Stolz blickte sie zwischen all den Menschen über den Markt hinweg, hinüber zu dem fürstlichen Haus, während sie gleichzeitig den Frauen die Kleider an ihre dicken, weißen Hälse hob, in der Hoffnung, dass sie daran rochen, denn dann war das Geschäft nicht weit. Keine Gelegenheit ließ sie aus, ihren Blick noch weiter über den Platz zu treiben, um zu sehen, ob er irgendwo war. Wie lange hatte sie dieses Spiel am See geübt, nachts, wenn allein die Hände hören können!

Raffaella war mitten drin. Sie stellte sich vor, dass das alles in einer Zeit geschah, in der es noch keine Uhren gab, und so kam es ihr vor wie eine Unendlichkeit. Jeder Tür, die einen Mann aus dem Schatten seines Hauses in das grelle Licht der Straße warf, sah sie bis zum Anschlag nach, hoffend, dass ihr doch noch ein anderer folgen möge, bis ihr Herz allmählich dem Flattern der fliehenden Hühner glich, die von Todesangst bedrängt über den Marktplatz stoben, und ihr Herz, es flatterte so sehr, bis es mit einem Mal in ihren Ohren rauschte, so laut, dass sie das Feilschen der Damen am Ende kaum verstand. Und als der Markt zu Ende ging, wandelte sie taub nach Haus. Herz und Korb waren ihr gleichermaßen leer, als sie zurück im Dorf auf die karge Hausbank sank. Es dauerte ein paar Stunden, bis sie wieder Mut zur Feder fand.

Endlich gingen die Briefe weiter. Es war schwer, sie zu ordnen. Hier hatte schon einmal jemand sein Glück versucht.

Wie kann ich nur mit einem Mal diese Frau'n am Markt versteh'n, die mit Lippen, feucht und prall, so tief in meinen Kleidern wühlen! Wie wünschte ich, es wärest du! Oh, wäre ich doch nur ein Kleid, wie viel, sag, wie viel Leid bliebe mir am End erspart? Ich ließ mich tasten, riechen, zieh'n, um mit dir nach Haus zu geh'n. Doch Feuer, sag ich, sah ich keins. Hab ich's am End gar übersehen? Wie sprechen deine Augen nun?

Feuer, wahrlich, ziert sich nicht, ist nichts für helle Straßen, treibt's doch nur die Menschen gackernd laut zusammen. Unruh bringt's. Ich fürcht, am End brennt alles lodernd nieder.

Oh, wie klug du doch von allem sprichst, und doch ist Leben so viel mehr! Fragst mich gar nicht, wie es war, Geschäfte in der Stadt zu treiben?

Meine Schöne,
Freilich doch, freilich weiß ich um den Lohn.
Allein, ich konnt mich dir offener nicht zeigen.

Oh, wie taumelt's grummelnd schon, in meinem Bauch und Busen! Ist das der Liebe Weltenlohn? Ganz gewiss, den meint ich nicht! Und wenn's die letzte Kutsche wär, die in die weiße Stadt noch fährt, trüg lieber alle Kleider auf, als dich nicht auf dem Markt zu seh'n. Oh sag, kann's sein, hab'n wir's am End' gar schon zu weit getrieben? Wie wünscht ich dann, wir könnten nur uns einmal noch verlieben!

Ich sah dich neu und wunderschön, und alles in der Stadt dann auch! Mir ist's um so viel reicher nun! Allein, ich kann kein Bettler sein und darf es niemals werden. Nur vor dem Herrn bin ich noch mehr, noch mehr als mehr bescheiden. Weiß nicht, wohin sein Will' mich führt, ich wünscht ich könnt ihn fragen!

Dann komm doch nachts und hör ihm zu, du klügstes aller Tiere! Du bist Adler, ich der Mond, lass ihn die Brücke führen! Bist ein Herz der Sonne, baust die Welt auf was du siehst. Doch wenn du hören willst, dann komm und such mich nachts am See.

Verspielt fasste Raffaella nach einem der großen Farne. Florentina hatte recht! Es war ein ganzes Meer an Adlerfarnen, grün und aufmerksam, wie sie da standen, und ein paar Meter unter ihr floss kühl die Quelle der Emilia, rein, belebend und ohne Angst, sich jemals zu verlieren.

Zufrieden ließ sie den Packen Briefe auf ihre nackten Schenkel sinken. War das möglich? Nur ein paar Zeilen dieser alten Briefe hatten sie eingeladen, abseits von all dem Umzugstrubel einen Ort zu finden, an dem sie für ein paar Minuten nicht an Papà und Mamma denken musste, oder daran, was aus ihnen wird, wenn sie nun endlich nach Florenz an die Uni ging.

Alles fühlte sich mit einem Mal so leicht an. Geschützt von Wind und Sonne saß sie in einem ganzen Meer aus Farnen, während diese kühne Frau in den Briefen alles verlieren konnte, nur weil sie einen Adler liebte, was immer sie auch damit meinte!

Unerwartet begannen ihre Schenkel zu beben. Sie schloss die Augen und griff nach einem der majestätischen Farne. Sanft strich sie mit der Hand über seine zackigen Blätter, fühlte seinen schlanken Körper und ließ sich von den rauen, gutmütigen Härchen bis hinunter an die feuchte Erde führen. Atmend folgte sie den feinen Wurzeln, durchdrang Laub und Kiefernnadeln und war mit einem Mal ganz in der anderen Welt.

Ihre Hand war die des jungen Mannes und gleichzeitig der Arm, der die ganze Welt umschloss. Sie tauchte ein in die Zeit und war doch hier. Gedankenlos folgte sie den Fingern weiter in die Erde. Hier fühlte sie Geschichte!

Auch wenn sie nicht wusste, wie weit sie die Wurzeln in der Zeit zurückführten, so fühlte sich diese Zeit doch einfach an. Ja, sie war sich sicher: Die Zeit, aus der die Briefe stammten, musste umso vieles einfacher gewesen sein als die Gegenwart. Und doch wurden diese Zeilen in ihrem Schoß nicht müde, ihr genau das Gegenteil zu erzählen! Und weil sie es nicht besser wusste, fing sie noch im selben Augenblick zu sprechen an, begann, die alten Briefe zu befragen, die Augen fest verschlossen, so wie sie es zusammen mit Roberto Fini getan hatten, wenn sie die Szenerie eines Stückes nicht nur hören, sondern mit ihrem ganzen Körper spüren wollten.

„Sag, meine Liebe, ist es mir frei zu sprechen?"

„Sprich nur, Kind, was willst du hören?"

„Warum lässt du ihn Adler sein, so allein dort oben seine Kreise ziehen? Was hält ihn ab, bei dir zu sein?"

„Was ihn betrifft, musst du ihn fragen."

„Ja, wird er denn zu mir auch sprechen?"

„Das glaub ich nicht."

„ – "

„Bleib ruhig bei mir. Hab keine Scham. Nur eines musst du wissen: Der Adler ist ein Sohn der Sonne. Sieh ihn dir an, wie stolz er kämpft! Tageslicht ist sein Element. Doch im Mondlicht, sag ich dir, ringt er nur allzu schwer mit den Gefühlen. Das ist seine eigentliche Angst, sein eigentliches Stück Natur. Adler lieben so."

„Sprichst du von ihm?"

„Von wem wohl sonst? Hast du mich nicht danach gefragt?"

„Doch. Ich wusste nur nicht ..."

„... dass es so einfach ist?"

„Ja."

„Nun, einfach ist es schon. Wie Liebe eben ist, oder?"

Raffaella war irritiert. Hatte Florentina sie nicht das Gleiche gefragt? Dass sich in diesen Dialogen aber auch immer alles vermischen musste!

„Bleib bei mir, mein Kind. Lass dich nicht verwirren", half ihr die sanfte Stimme gleich zurück. „Es ist so einfach, ganz zu lieben. Man kann sich gar nicht dagegen wehren. Aber ich, ich bin eine Tochter des Mondes, ich liebe, wenn ich höre, hörst du? Ich liebe das Wasser, ich liebe den See. Und er, er braucht die Augen, er braucht das Sehen, um sein Herz zu spüren, will den Blick stets aufrecht tragen. Doch nachts ist das nur wenig wert. Siehst du nicht, wie er schon kämpft?"

Raffaella bemühte sich, die Augen nicht ganz so fest zu schließen, nicht zu viel auf einmal zu erzwingen. Aber ab und an schoss doch ein dünnes Licht wie ein Blitz durch ihre Lider, hart genug, den Nebel dieser

Szene zu verscheuchen, und damit alles, was sich heimlich in ihr barg. Es dauerte eine Weile, bis sie entspannt genug war. Diesmal ging es ohne Yoga. Doch keine Farbe, kein Bild schob sich ihr in den zeitlosen Raum vor die Stirn, nicht einmal ein Stück Kleidung!

„Was ist das? Wieso kann ich ihn nicht sehen?"

„Weil du versuchst, ihn mit seinen eigenen Augen zu sehen."

„Aber ich bin doch ganz entspannt."
Sie hörte die andere Frau herzlich lachen.

„Entspannt, Liebes, das ist er auch. Gelassenheit ist nicht sein Problem. In seinem Stand ist das keine besondere Zier."

„Aber wieso kann ich ..."
„Versuch es mit den Ohren."
„Wie soll ich mit den Ohren sehen?"
„Mach es so wie ich. Wolltest du ihn nicht durch meine Augen sehen?"

„Doch, aber ..."
„Meine Augen sind die Ohren. Ich bin eine Tochter des Mondes. Verstehen ist nicht meine Stärke. Ich kann nur fühlen, wie die Welt sich um mich dreht."

Raffaella war begeistert. In diesem Dialog gab es schon keine Grenze mehr zwischen ihr und den anderen. Und je mehr sie sich vorstellte, dass es um sie herum dämmerte, umso stärker stiegen die Umrisse des jungen Fürsten empor. Ja, Roberto Fini wäre stolz auf sie! Und mit einem Mal konnte sie den langen Mantel des Adler-Mannes sehen, hören, wie er gleichzeitig schwer und doch so leicht nachts durch das lange Schilfrohr strich, während sie darauf achtete, sich nicht zu bewegen. Nein, sie wollte dieses kostbare Geräusch jetzt nicht durch das Rascheln der Farne vertreiben!

Dann, mit einem Mal, hörte sie ein leises Knacken und sie wusste, es gehörte nicht zum Ort der Quelle. Der Quell des Knackens lag wo anders, irgendwo an einem See, denn sie konnte Krähen und einen Habicht hören.

Sanft streichelte der Wind die Wellen. Sogar das leise Plätschern am Ufer konnte sie jetzt hören. Ja, so musste es sich wohl anhören, wenn man dort ins Wasser steigt!

„Bist du noch da?"

„Ja, ich bin bei dir", gab die Stimme frei zurück.

„Das ist gut. Nur ..."

„Was?"

„Ich meine ... Hast du einen Namen?"

„Natürlich hab ich einen Namen. Aber ich habe versprochen ihn nicht mehr auszusprechen."

„Auch heute noch?"

„Auch heute noch."

„Kann ich dir nicht irgendeinen, einen anderen Namen geben? Ich meine ... Es ist nur so schwer, das alles, was ich gerade erlebe, einzuordnen. Es ist so viel auf einmal. Was von dem bin ich? Was bist du? Was ist von ihm?"

„Sag."

„Ich verstehe nicht ...?"

„Sag, was willst du mir für einen Namen geben?"

Raffaella horchte kurz in sich hinein. Entschlossen wanderte sie in Gedanken den schmalen Pfad zum Anfang der Briefe zurück. Es dauerte eine Weile, bis sie sich durch das zähe Schwarz der alten Tinte gekämpft hatte. Jedes Wort schien ihr mit einem Mal wichtig zu sein. Bedacht wanderte sie bis zur ersten Szene am See zurück. Dann hatte sie ihren Namen!

„Seelena."
Und noch während sie ihn aussprach, konnte sie die das Lächeln ihr gegenüber fühlen. Sie spürte es an ihren eigenen Wangen.

„Das ist ein schöner Name."

„Finde ich auch", gab Raffaella stolz zurück.

„Und? Kannst du ihn jetzt besser hören?"
Raffaella musste sich erst wieder sammeln. Gespannt wippten die dünnen Äste der Pinien im Wind.

„Ich weiß nicht. Woran erkenne ich denn, welches Gefühl zu mir gehört? Ich meine: Wie weiß ich, ob das, was ich sehe oder höre, zu mir gehört oder zu dir oder zu jemand anderem?"

„Das ist ganz einfach. Öffne die Augen. Und dann versuche, dir das Gefühl wieder zu holen. Findest du es wieder, gehört es zu dir. Findest du es nicht mehr, dann lass es und versuche gar nicht erst, es wieder zu finden.

Es ist Teil einer anderen Welt. Egal, ob du es vorher einmal kanntest oder nicht."

„Danke. Das hilft mir. Kann ich noch ein bisschen hören, bevor ich die Augen wieder öffne?"

Diesmal kam nur das feine Lächeln zurück und sie wusste, dass es in Ordnung war.

„Ich höre Hände im Wasser. Es sind nicht deine, oder?"

„Nein, das ist er."

„Wie kommt's?"

„Fühl selbst. Was hörst du?"

„Ich höre, wie eine Hand über die Oberfläche des Wassers streift, immer wieder, so als würde er es streicheln. Wieso höre ich, dass es seine rechte Hand ist?"

Sie spürte irgendwie, dass es nicht angebracht war, sich bei allem, was sie wahrnahm zu versichern, ob es richtig war. Sie hatte bereits bewiesen, dass sie sich in der anderen Welt bewegen konnte. Und doch musste sie ihr Herz immer wieder von neuem beruhigen. Sie wollte diese Ruhe nicht durch ihren Ehrgeiz vertreiben. Ja, wie konnte sie nur sicher sein, dass es überhaupt *ihr* Herzklopfen war?

Sie musste eine ganze Weile warten, bis sie wieder klar fühlen konnte. Es war, als ob sich ihre Gefühle mit dem Wasser bewegten, das sie nun immer deutlicher hörte, während die Bewegungen dieses Mannes gleichzeitig Dinge in ihrer Brust anstießen, die ihr seltsam vertraut vorkamen. Jeder noch so kleine

Zweifel, der sich darin kreiselte, konnte das Wasser trüben. Gespannt lauschte Raffaella den sanften Bewegungen auf der Haut des Sees.

„Jetzt nimmt er die zweite Hand dazu. Ich sehe, nein, ich höre, wie er seine Finger spreizt, die Daumen unter Wasser taucht, gerade tief genug, um mit der Hand auf ihm zu gleiten, immer wieder in sanften, großen Kreisen als würde er schwimmen, aber nur mit den Händen. Ich höre es an den Wellen, die sich dort am Ufer an das Schilf hin wiegen. Sein Körper ist halb im Wasser, doch er trägt Kleidung. Ein langer Mantel, grüner Samt, dunkler als die Nacht, die noch viel zu hell ihm scheint. Es ist der Mond, der ihn zögern lässt! Wie kräftig seine beiden Arme sind und doch so sanft, als hielten sie Papier. Nur das Haar kann ich nicht hören. Trägt er es im Mantel? Ich höre Mut und höre ihn nicht."

Dann, mit einem Mal, öffneten sich ihre Augen. Sie wollte es nicht und doch konnte sie sich nicht dagegen wehren. Und mit dem ersten Blinzeln war das Tor zur anderen Welt zu, und ihr blieb nur der Rest der Seite, der noch immer geduldig in ihrem Schoß lag, als wäre nichts gewesen. Doch die Zeichen darauf kamen ihr mit einem Mal so viel stärker vor.

Du bist Adler und Wiesel zugleich, wenn du die Kirche vor den Mauern dieser Stadt betrittst. Dort seh ich dich schwimmen. Was für mich der See, ist für dich das Gotteshaus. Ich bin aus Wasser, du aus Licht gebaut.

3

Natürlich wusste Raffaella, dass Florentina nicht allein wegen der kühlen Ruhe zurück in ihr Elternhaus gezogen war. Urgroßvater war nun vierundneunzig. Viel zu lange war es gut gegangen, reichte es, wenn Florentina zwei- bis dreimal die Woche nach ihm sah. Doch nun fuhr sie täglich die ewigen Kurven zu dem kleinen Haus in den Bergen hinauf. Die vielen Serpentinen kosteten nicht nur Benzin, sondern auch eine Menge Nerven, gerade jetzt, im Sommer, wenn die Autos der Touristen wieder die dünnen Adern der Insel verstopften, immer schleppend den modernen Wohnwägen hinterher, die wie gestrandete Seeschnecken die schmalen Küstenstraßen entlangschnorchelten, auf der Suche nach dem einfachen, sonnengereiften Leben, ohne Zeitdruck und ohne zu wissen, dass es nicht normal war, wenn man hier auf der Insel für zwölf Kilometer fast eine Stunde brauchte. Die Straßen auf Elba waren porös und die Adern von Urgroßvater allmählich auch. Florentina hatte keine Wahl.

Als sie die restlichen Sachen aus dem Wagen geladen hatten, und Urgroßvater gewaschen in seinem Bett lag, weil er zum ersten Mal seit Jahren nicht mehr alleine in dem Haus übernachten durfte, das er vor mehr als einem halben Jahrhundert selbst gebaut hatte, holte Raffaella eine kühle Flasche Limoncello aus dem Erdkeller neben dem Haus und richtete ihnen ein schönes Plätzchen auf der mit Oleandern gesäumten Veranda ein. Sie musste unbedingt mehr von den Briefen erfahren.

„Die letzte", hob Raffaella die Flasche feierlich empor. „Es wird Zeit für Nachschub."

„Dann wirst du mir helfen müssen."

Raffaella zögerte kurz. Es gab so viele Rituale auf der Insel, die sie vermissen würde.

„Gern. Aber in ein paar Wochen bin ich schon in Florenz. Ich werde wohl erst Weihnachten wieder hier sein."

„Oh, so lange können wir nicht warten."

„Du hast recht. Ein kleines Depot kann hier oben nicht schaden."

Florentina rückte sich ihr Kissen zurecht.

„Das ist mein letzter Umzug. Du hast mein Wort! Drei sind genug."

„So genau weiß man das nie."

„In meinem Alter schon."

Raffaella blickte sie erschrocken an. Sie wollte dem Gedanken gar nicht weiter folgen.

„Sag, was hat es mit den Briefen auf sich? Woher hast du sie?"

„Ist das wichtig?"

„Warum? Ist es ein Geheimnis?"

„Nein, mein Schatz, ein Geheimnis ist es nicht, nur schon eine ganze Weile her."

Raffaella nippte vorsichtig an ihrem Glas, während sie ihre dunklen Augenbrauen nach oben zog, als könnte sie ihrer Nonna damit einfach die Geschichte unter der Schädeldecke hervormassieren. Florentina hatte verstanden.

„Weißt du, es ist viele Jahre her und es bedeutet mir schon lange nichts mehr. Es gibt so vieles, auf das ich mich noch freuen darf. Ich darf doch dabei sein, wenn du dein Abschlusszeugnis an der Uni bekommst, ja? Ich war schon so lange nicht mehr in Florenz."

„Nonna! Ich hab noch nicht einmal angefangen zu studieren!"

„Ich weiß, Liebes, aber die Zeit vergeht so schnell. Weißt du, diese Geschichte ist jetzt schon ..."

Sie brauchte eine Weile, bis sie das Jahr wiedergefunden hatte. Der Umzug machte ihr mehr zu schaffen, als sie gedacht hatte, und das lag nicht an der Schlepperei. Ihr Papà würde nun jeden Tag in ihrer Nähe sein. Das war sie nicht mehr gewohnt, nicht den ganzen Tag und nicht die ganze Nacht. Das war komisch für eine Frau in ihrem Alter. Eine Frau, die sich all die Jahre ein weitgehend selbständiges Leben aufgebaut hatte.

Raffaella saß ihr noch immer gespannt gegenüber.

„Es war neunzehnhundertsechsundsechzig, im Sommer. Den Tag weiß ich nicht mehr so genau. Es waren ein paar Wochen und ich war gerade in meine erste eigene Wohnung gezogen, du weißt schon, die unten an der Piazza, das Haus in dem früher einmal die Post war. Erinnerst du dich?"

Raffaella nickte.

„Ich war jung und hatte gerade meine Arbeit in der Gärtnerei begonnen und abends hatte ich immer noch genügend Energie, um mit meinen Freunden durch den Ort zu ziehen. Die halbe Nacht haben wir auf der Piazza verbracht. Wir hatten eine Menge Spaß, einfach so, niemand von uns hatte viel Geld, aber der Hafen gehörte uns und mit ihm alles, was man von dort aus in Gedanken erreichen konnte. Damals legten hier noch die großen Fähren an.

Raffaella lächelte in ihr Glas hinein. Dieser Moment hatte eine ganz eigene Romantik.

„Ja, und eines Abends erreichte uns mit der letzten Fähre dieser junge Mann aus der Schweiz. Er war mir sofort aufgefallen. Seine Waden waren so bleich, dass sie wie Nebel vor der weißen Schiffshaut verschwanden. Müde tastete er die Hafenumgebung nach einem Hotel ab. Ich sehe ihn noch genau vor mir. Seltsam, oder, dass das erste, das mir an ihm aufgefallen war, dasjenige war, das verschwunden war? Vielleicht hätte ich auf solche Zeichen hören sollen. Wie auch immer. Ich sah also zuerst seine Beine, dann seine Kamera und erst dann seinen viel zu dicken Lederhut. Er hatte diesen suchenden Blick wie ihn nur Künstler haben ..."

„Und, war er einer?"

„Nein, war er nicht. Er war Journalist. Jedenfalls hatten ihn die anderen erst bemerkt, als er mit einem ganzen Strauß *gelati* zu uns an den Brunnen stieß. Es war offensichtlich, dass er Kontakt suchte. Ich weiß nicht, ob er

Freunde suchte, aber er sah nicht aus, als würde er ein Abenteuer suchen, und ich fand ihn sympathisch genug, um ihn einzuladen, noch eine Weile mit uns durch die Bars zu ziehen."

„Und was wollte er?"

„Er war auf der Suche nach einer Geschichte."

„Was für eine Geschichte?"

„*La Leggenda dell'Innamorata.*"

„Unsere *Innamorata*?"

„*Certo.*"

„Was gibt es darüber zu erzählen?"

„Ich weiß es nicht. Jedenfalls wurde er nicht müde, uns immer wieder danach zu fragen, und wir mussten zugeben, dass wir die Geschichte selbst nicht besonders gut kannten. Am Ende hatten wir alle einen guten Schwips und Miguel mindestens acht verschiedene Versionen."

„Sagtest du nicht, er war Schweizer?"

„Ja, war er auch."

Raffaella spürte, dass ein wenig Wehmut in diesem Namen lag.

„Ein Schweizer mit einem spanischen Namen, der auf der Suche nach einer italienischen Romanze ist?", dachte Raffaella laut.

Florentina wollte gerade etwas sagen, als ein Windstoß die alten Läden an die Hauswand schlug. Der Schirokko konnte stürmisch sein und überraschend. Sie stand auf und bat die Läden stumm an die Wand zurück. Es würde nicht das einzige sein, um das sie sich in Zukunft hier oben würde kümmern müssen. Das Haus war alt, und man sah ihr an, dass sie eigentlich keine große Lust hatte, hier oben zu wohnen. Aber eine andere Möglichkeit gab es nicht, und sie hatte sich geschworen, das Beste daraus zu machen.

„Das Lüftchen tut gut, nicht?"
Raffaella nickte entspannt, während ihr Kopf langsam in den Nacken wanderte, um die beiden Turmfalken zu beobachten, die nun schon eine ganze Weile über ihnen ihre Kreise zogen. Ihr Streit war nicht zu überhören. Jeder wollte dem anderen klar machen, wer heute den letzten Bissen mit nach Hause nahm. Dann war es mit einem Mal still. Das schrille Rufen wich einem überraschenden Sturzflug, und Raffaella konnte spüren, wie der Fallwind durch die Federn rauschte, weil ihr der Schirokko genau in diesem Moment ebenfalls ganz unverschämt in die Haare gegriffen hatte. Sie war sich sicher: Wind und Vogel hatten ihre Beute bekommen.

Raffaella wandte ihren Blick zurück. Florentina wirkte abgespannt, und ein Teil von ihr war noch immer irgendwo in sich verschwunden, während sie stumm an ihrem Limoncello nippte.

Raffaella konnte ihre Halsschlagader pulsieren sehen. Vorsichtig drückte das warme Blut gegen die Haut dieser erfahrenen, schönen Frau. Irgendwo darunter lebte sie immer noch, diese alte Geschichte, dachte Raffaella. Vielleicht wie ein Pool, den man nach einem heißen Sommer abdeckte und dann doch nie wieder auf, während das Wasser geduldig über all die Jahre hinweg immer noch mit jedem Mond schüchtern seine bescheidene Haut hob.

„Und, hat er seine Geschichte bekommen?", wollte Raffaella wissen.

„Weißt du, ich hatte vieles um mich herum vergessen, und er recherchierte und schrieb und wartete, bis ich nachmittags den Laden schloss, um mich ein paar Stunden mit ihm auf der Piazza oder in einer der kleinen Buchten zu treffen, die man nur mit dem Boot erreichen kann. Stell dir vor, wir waren sogar auf dem Monte Capanne! Ich auf dem Capanne! Wie eine Touristin. Doch es gefiel mir, mich mit seinen Augen zu sehen, Augen, die sich an Licht und Schatten orientierten wie seine Kamera. Ja, manchmal hatte er Augen wie eine Kamera, und es gefiel mir."

„Und? Warum ist er nicht geblieben?"

„Weil Männer nie einfach so bleiben. Sie brauchen immer einen Grund. Seine Arbeit war getan und er hatte schon ein paar Wochen zusätzlich herausgeschlagen. Warum sollte er bleiben? Wir waren verliebt, ja, aber ist das ein Grund?"

Raffaella bemerkte, dass sie stärker nickte, als ihr lieb war. Etwas in ihr wollte protestieren und konnte doch nicht.

„Vielleicht war er ein besserer Journalist, als ich dachte", fuhr Florentina über Raffaellas Zweifel hinweg. „Vielleicht musste er diese

Geschichte selbst erfahren, um sie ehrlich erzählen zu können."

„Aber es macht einen Unterschied, ob jemand *über* oder *von* sich erzählt", fuhr Raffaella dazwischen. „Ich glaube nicht, dass Journalisten *von* sich erzählen sollten. Ihre Aufgabe ist es, möglichst neutral über etwas zu berichten, unabhängig von ihren eigenen Gefühlen. Oder war er doch ein Poet?"

„Das glaube ich nicht, das heißt ... Ich weiß es nicht."

„Oder aber ein schlechter Journalist."

„Mag sein. Jedenfalls war er für diese Zeit ein guter Freund, ein willkommener Gast und ein guter Liebhaber, wenn du so willst. Und er hat etwas hier gelassen, als er auf die Fähre zurück ans Festland ging."

„Die Briefe?"
Florentina nickte.

„Als Pfand."

„Als Pfand? Für was?"

„Für den Fall, dass er nicht wiederkommen würde."

Ungläubig zog Raffaella die Augenbrauen nach oben.

„Na ja, danke für alles, waren seine letzten Worte. Dann gab er mir einen Kuss und dieses geschnürte Päckchen mit den Briefen. Seitdem habe ich nie wieder etwas von ihm gehört."

„Er ist nicht wiedergekommen?"
Florentina schüttelte den Kopf.

„Weißt du, ein Schweizer und ich, das wäre nicht gut gegangen." Dann leerte sie ihr Glas in einem Zug.
Raffaella hatte mit einem Mal Angst, dass die Geschichte schon zu Ende war. Für Florentina war offensichtlich alles erzählt.

„Aber diese Briefe erzählen nicht die Geschichte von Innamorata", fasste Raffaella noch einmal nach.

„Nein, tun sie nicht. Und sie erzählen auch nicht die Geschichte von Miguel und mir."

„Aber was erzählen sie dann?"

„Ich habe keine Ahnung, mein Schatz. Finde es heraus. Behalte sie ruhig, wenn du willst. Ich bin dir ohnehin noch ein Geschenk schuldig. Du bist jetzt keine Schülerin mehr, sondern schon eine echte *studiosa*. Hast du eigentlich schon eine Rückmeldung wegen dem WG-Zimmer bekommen?"

„Ja, hab ich. Geht klar. *Tutto va bene.*"
Raffaella spürte, dass Florentina den Pool nicht weiter aufdecken würde. Sie würde mit dem leben, was an lauwarmem Wasser darunter verborgen blieb, ein Stück Erinnerung, das zu dem gehörte, was man mit niemand anderem teilen möchte. Ein stummes Tagebuch, gut verstaut unter einer wetterfesten Plane.

„Wie ich sehe, verstehst du schon mehr als ich", schmunzelte Florentina ihr freudig zu.

Raffaella verstand nicht ganz.

„Na, von den Briefen!"

„Ach, so. Ja, hast du sie denn nicht gelesen?"

„Natürlich hab ich sie gelesen! Das heißt: Ich habe mir mühsam ein paar Zeilen mit dem Wörterbuch zusammengesucht. Es war noch anstrengender als das Warten."

„Aber wieso hast du nicht ..."

„Nein, ich wollte niemanden darum bitten! Außerdem konnte damals niemand von uns gut Deutsch. Ein ganzes Jahr habe ich damit zugebracht, daran zu glauben, dass ich das Pfand wohl nicht brauchen würde, habe ich geglaubt, dass er wiederkommt, dass er am Ende seiner Recherchen etwas vergessen hatte, etwas, das nicht in die Zeitung oder in irgendein Magazin gehörte. Doch er kam nicht wieder, und ich habe auch nie mehr etwas von ihm gehört. Dann, ein Jahr später, habe ich zufällig die neuen Plakate für das Fest von Innamorata gesehen und ich war zu jung, um noch länger zu warten. Ich habe das Päckchen ein letztes Mal aus der Kommode genommen und gehofft, dass mir die Zeilen vielleicht noch etwas sagen würden. Doch danach wusste ich noch weniger als zuvor. Ich kann nicht so gut Deutsch wie du, konnte ja nur ein paar einzelne Worte lesen. Nichts darin sprach mit mir. Diese Briefe haben mir nie etwas bedeutet. Mir war klar, dass diese Zeilen nicht für mich waren. Sie waren nur ein Pfand. Was wollte ich mit einem Pfand! Ich wollte etwas zum Anfassen haben, etwas, das ich lieben kann. Das waren diese Briefe nicht. Sie rochen nicht einmal gut."

„Aber vielleicht sind sie etwas wert?", stürzte schon die Literaturwissenschaftlerin aus Raffaella heraus. „Sie sind handgeschrieben und sehen echt alt aus."

„Mag sein. Für mich sind sie es nicht. Aber wenn du Freude daran findest, haben sie am Ende doch noch einen Wert für mich. Vielleicht hat ihnen das Warten gut getan. Manche Dinge brauchen eben ihre Zeit. Du wirst bestimmt eine Menge Freude haben in Florenz. Ich werde dich sehr vermissen!"

„Ich dich auch", flüsterte Raffaella ihr ins Ohr, während sie sie fest von hinten umarmte.

4

An diesem Abend konnte Raffaella nicht schlafen. Die Gedanken kreisten wie die Serpentinen in ihrem Kopf, die sie zurück ins Tal gebracht hatten. Die Nacht war klar. Aber etwas in ihrer Stimmung fühlte sich wie ausgeliehen an, wie ein Bindeglied, das man brauchte, um etwas zusammenzuhalten, das eigentlich nicht mehr zu halten war. Es war, als wäre sie eingespannt zwischen zwei Polen. Sie fühlte sich gebraucht und leer, und doch irgendwie lebendig, als wäre diese Spannung nur für sie bestimmt.

Ein Teil von ihr war noch immer der See, fühlte mit Seelena, diesem Mann, seinem Kampf und seiner Neugier, während ein anderer Teil mit einer scheuen Ahnung um das verbunden war, was Florentina einfach so unter der Poolabdeckung hatte verschwinden lassen. Dieses Gefühl ärgerte sie, machte sie unruhig, rastlos und allmählich fing ihre Brust an zu spannen, als ob sie ihre Periode bekäme. Ja, sie fühlte wie diese beiden Pole an ihr zogen! Die Briefe allein waren nichts wert. Sie brauchten einen Rahmen, einen Bezug, in den man sie setzen konnte, anderenfalls würde diese Spannung sie heute Nacht noch zerreißen und für ihre Periode war es eindeutig zu früh.

Ratlos starrte sie von ihrem Bett aus auf den leeren Schreibtisch am Fenster. Dieser Tisch war vom Übergang gezeichnet. Eine gefühlte Ewigkeit hatte sie dort gesessen, um für das Abitur zu lernen. Wie oft hatte sie in stummen Blicken mit dem kühlen Kalk an der Wand um einen klaren Kopf gerungen, gekämpft, weil sie einfach nicht vergessen konnte, dass Mamma von heute auf morgen gegangen war! Sie konnte einfach nicht aufhören, sich zu fragen, ob sie etwas falsch gemacht hatten. Nächtelang hatte sie damals nach diesem *sie* gesucht. Sie als Familie? Sie als Papà und Mamma? Sie als Mutter und Tochter? Wer war dieses *sie*? Noch so ein Wort, das sich neben dem *nachdem* in ihr persönliches Lebenswörterbuch eingegraben hatte! Wie sehr doch das Leben die Sprache innerer Dialoge verändern konnte!

Ja, diese hölzerne Platte war mehr als ein Schreibtisch! Sie war ein Altar, ihre eigentliche Reifeprüfung. Ein mächtiges Stück Erinnerung, so hart wie die Zeit, die sie damit verband. Diese Platte hatte sogar Lorenzo kennengelernt, zumindest das, was von ihm in dieser einen Nacht, bevor Mamma zurückgekommen war, an ihr lehnte, während seine Hände zuerst streichelnd, dann suchend und am Ende wühlend unter ihrem BH verschwanden.

Als es vorbei war, waren sie lange still und sie hörten beide nur das fragende Streicheln ihrer Hände auf dem Körper des anderen, so als wollten sie fragen, ob es in Ordnung war. Es war ein langsames, nachdrückliches Streicheln, das ganze vierundzwanzig Minuten verschlang. Daran konnte sie sich gut erinnern, denn sie schämte sich dafür. Nicht dafür, dass sie zum ersten Mal Sex gehabt hatte, sondern, weil sie danach zweimal über seine Schulter auf die Uhr gesehen hatte, während er ihre verschwitzten Oberarme auf- und abstreichelte, als würde er mit seinen Fingern eine teure Lasur in sie einarbeiten, um den Moment zu konservieren. Wie bei teuren Gemälden. Und als es vorbei war, der Firnis eingetrocknet war, um den Akt vor jenen feinen Rissen zu bewahren, die Licht und Zeit irgendwann auch dem schönsten Kunstwerk abverlangten, sickerte die Umarmung in jenen Moment, in dem man vieles sagen konnte oder eben nichts. Sie hatten sich für Letzteres entschieden. Es war, als hätten sie sich beide geschworen, niemandem davon zu erzählen, und das schloss die inneren Dialoge mit ein.

Lorenzo war auch in Finis Theatergruppe. Klar, sonst hätte er es niemals bis an ihren Schreibtisch geschafft! Dieser Akt war nicht geplant, aber er hätte auch nirgendwo sonst hingepasst. Er war einfach passiert.

Sie wartete einen Augenblick, bis sich ihr Blick entleert hatte, so wie sie es manchmal machte, wenn sie sich schnell beruhigen musste. So wie jetzt, wo sie Angst hatte, sich an ihrem unausgesprochenen Abkommen zu vergehen. Sie fixierte einfach einen Punkt im Raum und wartete darauf, dass ihr Blick zuerst unscharf und dann leer wurde. Meistens waren es Geräusche oder Töne, die sie zurück in die Gegenwart brachten, doch diesmal war es der Mond, klar und kühl, wie er durch das Fenster auf die Kiefernholzplatte schien, die jetzt nur noch als Ablage für ein paar Postkarten diente, Karten von Freunden, die gleich nach dem Abitur in die Welt hinaus gereist waren. Indien, Thailand, Australien, Madrid und Athen. Das war dann auch schon der größte Teil der Reisenden, die auch Flüchtende hätten sein können. Von Lorenzo war nichts dabei. Er hatte sich an die Regieanweisung ihres ersten und letzten Aktes gehalten.

Geführt von dem hellen Kegel, den der Mond jetzt immer stärker in ihr Zimmer warf, wurden ihre Hände erst nervös und dann ungeduldig, bis sie in dem kleinen Stapel bunter Karten auf dem heiligen Tisch wühlten. Sie wendete sie mehrmals hin und her, als hätten sie viele unsichtbare Seiten. Doch irgendwie erzählten sie alle das Gleiche:

„*Ciao*, Raffaella, krasse Natur hier, abgefahrene Leute und abenteuerliches Essen. Fotos findest du auf Facebook. Schau doch mal rein! *Vediamo! Ciao.*"

Es fiel ihr schwer, ein aufrichtiges Gefühl zu diesen Karten zu finden. Diese bunten Kartons dienten wohl mehr als Beweis der neuen Unabhängigkeit denn als aufrichtiger Gruß.

In diesem Moment wurde ihr klar, dass sie gerade nichts vermisste – sie mochte diese Insel, mehr als alles andere auf der Welt –, als ihr Blick plötzlich auf den kleinen Tischkalender fiel, der frech unter dem Stapel bunter Karten hervorspitzte. Zuverlässig listete er all die wichtigen Termine auf, die sie nun nicht mehr brauchen würde. Florentina hatte recht: Sie war jetzt keine Schülerin mehr!

Gewissenhaft zeigte er Feiertage und Ferien an und wusste sogar vom Auf- und Absteigen des Mondes. Alles nichts Neues, bis ihr Blick auf den rot gedruckten Termin Mitte Juli fiel. Donnerstag, 14. Juli.

Mit einem Mal wich die Spannung in ihrer Brust einem weicheren Gefühl. Wenn ihr diese alten Briefe schon keinen ruhigen Weg in die Nacht zeigen konnten, vielleicht konnte es diese alte Legende. Am 14. Juli wurde die Legende von Innamorata jedes Jahr noch einmal ein paar Stunden lebendig. Ja, das war ein Angebot! Und sie erinnerte sich plötzlich, wie sie damals im Geschichtsunterricht protestiert hatte, dass die Legende von Innamorata doch nichts mit Geschichte zu tun hatte, bestenfalls mit Folklore, und abgesehen davon Legenden doch eigentlich von Heiligen erzählen sollten! Doch heilig waren Lorenzo und Maria sicher nicht. Sie waren ja nicht einmal verheiratet. Aber ganz so genau wusste sie das auch nicht mehr, nur, dass die beiden so ein Romeo-und-Julia-Thema laufen hatten und am Ende in der Bucht unterhalb von Capoliveri ums Leben kamen. Eine gute Fischer-Geschichte eben, und solche gab es viele rund ums Mittelmeer.

Warum musste ihr diese Geschichte ausgerechnet jetzt in die Hände fallen? Die Forscherin in ihr war nun endgültig erwacht, und sie war froh, nun doch ein Thema gefunden zu haben, bei dem sie keinen Schwur brach, wenn sie sich in Gedanken darin verlor.

Es waren ja nicht nur Touristen, die sich dieses Spektakel ansahen. Der Zauber musste also noch ein anderer sein. Immerhin hatte es die Legende zu einem rot markierten Eintrag im Werbekalender von Fruttelba gebracht. Sicher, es gab eine große Prozession mit aufwendigen Kleidern, die an das siebzehnte Jahrhundert erinnerten! Das war schon etwas Besonderes. Jeder, der schon einmal Theater gespielt hatte, wusste, wieviel Zeit und Liebe es brauchte, die richtigen Kostüme zusammenzustellen! Doch das allein mochte die Langlebigkeit eines solchen Rituals nicht erklären! Ein derartiges Ritual brauchte einen starken Mythos, und die Kraft seiner Geschichte musste von innen heraus kommen, am besten direkt aus dem kollektiven Quell archetypischer Kräfte! Gleichzeitig musste er auf etwas Höheres, Allgemeineres verweisen, eben etwas Transzendentales, etwas Letztes, etwas wie die Liebe oder noch besser: Die ewige Liebe. So in etwa hatte sie Roberto Finis Worte in Erinnerung.

Ja, so etwas in der Art musste es wohl sein, was die Menschen jedes Jahr aufs Neue mitten im Juli in schwere Kostüme steigen ließ, um den langen Weg von Capoliveri bis hinunter in die Bucht von Innamorata zu ziehen! Oder gab es eine bessere Erklärung? War es am Ende doch die Ähnlichkeit zur Romeo-und-Julia-Geschichte? Raffaella war sich plötzlich nicht mehr sicher.

Klar, die Geschichte von Innamorata war bei weitem nicht so komplex wie das fein komponierte Stück eines Shakespeare. Alles war einfacher, klarer, elbanischer eben. Nein, wenn sie es genau betrachtete, war die Legende von Innamorata doch eine Geschichte von Fischern und nicht die eines weltberühmten Dichters! Davon abgesehen: Ihr Balkon war nicht Verona, sondern eine Felsklippe unterhalb von Capoliveri, und die Feinde nicht die komplexen sozialen Verhältnisse des sechzehnten Jahrhunderts, sondern einfache Mörder und Piraten.

Verdammt, irgendwo hatte sie doch etwas Geschriebenes dazu! So ein Mist, dass ihr Laptop gerade jetzt in Reparatur sein musste!

Raffaella atmete tief durch. Ihre Brust war schon ein wenig entspannter. Das fordernde Ziehen war die letzten Minuten in den Hintergrund getreten und sie glaubte, ihm trauen zu können.

Entschlossen griff sie nach dem schweren Karton mit den alten Schulheften unter dem Bett. Ha, sie hatte also auch so eine Poolabdeckung! Alles unter ihrem Bett war bereits für die Ewigkeit verstaut. Zumindest war es dort unsichtbar geworden, und das reichte für die meisten Dinge.

Eigentlich hatte sie gedacht, diese Kisten erst wieder zu brauchen, wenn sie später ihren Kindern zeigen wollte, wie Mammas Schule damals gewesen war. Denn insgeheim hatte sie den Verdacht, dass Schulhefte auch auf Elba vom Aussterben bedroht waren. So wie die kleinen Musikgeschäfte in Portoferraio, weil sich ja doch jeder Musik kostenlos übers Internet zog oder gleich als mp3 kaufte. Jedenfalls war sie nicht wütend genug auf die Schule, um ihre Hefte wie die anderen bei der Maturafeier am Strand in einem verwaschenen Rausch aus Brandung und Drogen zu verbrennen. Alles war noch an seinem Platz.

Eilig wühlte sie sich durch das raschelnde Papier. Ja, sie brauchte jetzt etwas Geschichtliches! Zahlen, Fakten, Orientierung, etwas, das ihr half, ihre Gedanken zu ordnen, eben etwas Unverrückbares, und das konnte nur in einem Geschichtsheft sein! Und während sie so wühlte, glitt sie allmählich in eine leichte Trance und sie erinnerte sich an eine Aufgabe, die ihnen Signora Bretoni einmal im Kunstunterricht gegeben hatte. Sie sollten *la sciarpa* – den Schal der Maria – malen, und zwar in der Farbe, die einem beim Hören der Legende als erstes in den Sinn kam. Es durfte jede Farbe sein außer Weiß. Ein jeder sollte seine eigene, gefühlte Farbe ins Bild setzen.

Lorella Bretoni hatte schon immer ein Faible für psychologische Kunst gehabt. Deswegen durfte es auch nicht einfach der weiße Schal sein, der noch immer jedes Jahr symbolisch als Wanderpokal nach dem Fest durch die Ortsteile gereicht wurde.

„Es geht nicht allein um die Farbe", erinnerte sie sich jetzt an Signora Bretonis Worte, als sie sich im Eiltempo weiter durch ihre Schulzeit wühlte, „sondern um die Struktur. Also, wie sieht so ein Schal aus? Wie könnt ihr sichtbar machen, wie er sich anfühlt? Gute Kunst kann man fühlen, hört ihr! Versucht es ruhig. Lasst das Licht durch und gebt ihm ein paar Schatten und Falten, damit er nicht wie ein starrer Balken aussieht. Und überlegt euch, wie fein ihr ihn haben wollt! Wollt ihr einen edlen Schal, müsst ihr das Gewebe fein und zart aufs Papier bringen. Wollt ihr einen Hirtenschal, in dem man die einzelnen Fasern der Wolle sieht, müsst ihr etwas gröber in die Struktur gehen. Maria kam aus einer armen Familie. Das muss aber nicht heißen, dass sie einen einfachen Schal hatte. Überlegt mal! Sie könnte ihn von ihrem Lorenzo gehabt haben. Vielleicht ein Geschenk? So genau weiß das niemand. Lasst euch inspirieren und versucht einfach, einen stimmigen Schal aufs Papier zu bringen! Konzentriert euch auf das, woher er kommt. Geht seiner Quelle nach! Welche Hand hat ihn gemacht? Gebt dieser Hand mit eurem Pinsel eine Stimme. Das ist die Macht des Künstlers. Lasst euch von ihr führen!"

Raffaellas Schal war türkis wie das Meer im Norden der Insel an seinen schönsten Tagen, mit feinen, fast unsichtbaren, blaugrünen Streifen – und trotzdem hatte ihr diese Stunde damals gezeigt, dass sie keine gute Wahl für die Kunstakademie gewesen wäre, auch wenn Signora Bretoni das anders gesehen hatte. Eher noch hätte sie Jura studiert!

„Sicher haben sie die Klippe *la sciarpa* genannt", spann sie den kriminologischen Faden weiter, während sie immer flotter durch eine allmählich überschaubarer werdende Zahl an Heftseiten galoppierte, „weil der Schal das einzige Indiz zu diesem Verbrechen war, dass man für immer symbolisch mit dem Land verbinden konnte."

Ha! Da war es! Hier waren die beiden Einträge zu *La Legenda dell'Innamorata*! Eintrag vom Montag, den zweiten Juni zweitausendzwölf. Mit einem zügigen Klack befreite sie das Heft aus den silbernen Armen des Ordners, die auch einem Ritter hätten gehören können. Hier war sie, die Geschichte von Lorenzo und Maria, oder besser das, was davon noch übrig war.

Im Jahr 1534, so will es die Legende von Innamorata wissen, erfuhr das Schicksal zweier Liebender durch die Angriffe der Sarazenen eine tragische Wende. Der osmanische Korsar und Pirat Khair ad-Din* fiel über die Küsten des Mittelmeeres herein und besiegelte damit auch das Schicksal von Lorenzo und Maria, einem Paar aus ungleichen Familien.

Am Ende der Seite fand sie eine Notiz, die sie sich damals gemacht hatte und die ihr jetzt seltsam verlassen vorkam.
„* von den Christen wegen seines Bartes auch Barbarossa genannt". Barbarossa hatte sie groß geschrieben und mit Fineliner unterstrichen. Irgendwie übertrieben, dachte sie jetzt, da Schule endgültig der Vergangenheit angehörte.
„Barbarossa", wiederholte sie flüsternd.
Ihre Brust zog noch immer ein wenig. Ein Wort, das sie heute nur noch mit dem gleichnamigen Strand nordöstlich von Porto Azzurro verband, an dem sie sich das letzte Mal mit Lorenzo getroffen hatte. Am Tag danach. Doch auch das gehörte in eine andere Zeit.
Für einen kurzen Moment war nur das Rascheln ihrer Heftseiten im Zimmer zu hören. Draußen auf der Straße bellten zwei Hunde

um die Wette. Aufgeregt blätterte sie im Ordner vor und zurück. Sie wusste, dass dieser Eintrag noch einen zweiten Teil hatte und sie erinnerte sich blass, dass sie schon damals das Gefühl gehabt hatte, dass diese beiden Geschichten nur mit Mühe ineinander griffen, so als hätte jemand einen zweiten Akt gewollt, wo schon der erste genug war. Doch der zweite Teil, er blieb verschwunden.

In dieser Nacht hatte Raffaella einen eigenartigen Traum. Es war dunkel, und sie schwamm im Meer, nur bekleidet mit einem Schal, dessen Farbe sie nicht sehen konnte. Das Wasser war warm, überraschend leise und sie schon einige hundert Meter von der Küste entfernt. Vor ihr lockten die schimmernden Lichter von Korsika, während sie die Wärme der nächtlichen Felsküste immer weiter ins Meer hinausstieß. Nur einmal hatte sie umgeblickt und den leuchtenden Saum von Capoliveri erspäht, der äugend wie ein gutmütiger Drache über der Küste lag.
Etwas ließ sie weiter hinaus schwimmen, in angstlosen, freien Zügen. Sie fühlte sich stark und kräftig, und mit einem Mal waren überall Lichter. Sie wollte gerne nach ihnen greifen, doch jedes Mal wenn sie darauf zusteuerte, bewegten sie sich in einem eleganten Bogen zurück. Es dauerte eine Weile, bis sie bemerkte, dass sie sich in einem Kreis bewegte, der genau im Kegel des Mondlichts lag, und als sie versuchte den Kreis zu verlassen, ergriff sie mit einem Mal ein kalter

Strom. Und der Wind vergriff sich bettelnd in ihren Haaren. Sie hatte plötzlich das Gefühl, ihren Kopf voller Seetang zu haben, und der Schal, der zuvor noch stolz um ihre Hüfte geweht hatte, war mit einem Mal ein hässliches Getier. Eine kalte, fordernde Schlange.

Zurück im Kegel umarmte sie wieder diese silberne Wärme, die der Mond ganz still auf das Meer zwischen Elba und Korsika zeichnete, und sie erholte sich von dem kühlen Griff, der außerhalb dieses Kreises lauerte. Doch etwas anderes war noch bei ihr, nicht weit unter ihr, etwas Treibendes, und seltsamerweise machte es ihr keine Angst. Ein Teil in ihr wusste, dass diese jagende Kraft unter ihr nichts mit ihr zu tun hatte, und so zog sie weiter ruhig im Mondlicht ihre Kreise und schickte ihre Blicke nach den glänzenden Lichtern aus, die sie noch immer wie ein leuchtender Nebelwall umschlossen.

Dann, mit einem Mal, zischte es aus dem Wasser! Zuerst dachte sie, einen großen, silbrigen Flügel in der Gischt zu sehen, doch etwas anderes floh direkt vor ihr aus dem Wasser. Ein ganzer Schwarm kleiner Fische stürzte schnappend vor ihr in die Nacht, entschlossen, seinen Jäger bis an den Rand seiner Kräfte zu treiben. Sie hatten es satt, immer Getriebene zu sein, und nun lächelten ihre Schuppen glänzend im Mond. Hunderte silbrig schimmernde Münder sprangen dort vor ihr aus dem Wasser. Drei Mal zählte sie das Spiel, dann war es wieder still.

Sie versuchte noch eine Weile ruhig zu bleiben, wollte sehen, ob sie noch einmal wiederkamen, doch der Schwarm blieb verschwunden und an seiner Stelle ein Hauch von Ewigkeit zurück. Und: Dieses Gefühl, schon ein paar Stunden im Wasser zu sein. Doch mit einem Mal war ihr bewusst, dass das kein normaler Traum war. Sie konnte sich selber atmen hören. Es fühlte sich alles so wirklich an! Nur die Zeit kam ihr immer länger vor und sie konnte nichts daran ändern, konnte nicht aufhören zu schwimmen, weil sie die Gesetze in dieser Welt nicht kannte. In sparsamen Zügen hielt sie sich über Wasser. Sie wollte die schützende Aura des Mondes, die ihren Körper noch immer sanft mit den Wellen wog, nicht verlassen. Einmal Seetang mit Schlange war genug! Was, wenn dieses kalte, bettelnde Meer mit seinem Pfeifen und Säuseln bis ans Küstenufer reichte! Nein, so viel Mut würde sie nicht haben, nicht ohne Hilfe, und nichts deutete darauf hin, dass es nur ein schmaler Ring war, der sie dort draußen umgab. In diesem Moment hätte sie sich wirklich Hilfe gewünscht.

Und als sie dachte, das endlose Kreisen würde sie, wenn auch nicht zerreißen, so doch irgendwann am Ende verrückt machen, spürte sie plötzlich einen sanften, unsichtbaren Druck, der sich langsam unter ihrem Körper nach oben schob, langsam genug, dass er ihr keine Angst machte, und er kam mit einem grünen Leuchten. Wie ein Regenbogen wechselte er die Farben, fand aber immer seinen Puls zurück in jenes helle Grün, das flüssige Jade hätte sein können, und mit einem Mal wusste sie, dass sie darauf stehen konnte. Es fühlte sich nicht an wie ein Körper, es war mehr eine Ebene, die ihr nun erlaubte, aufrecht bis zur Hüfte im Meer zu stehen und endlich die Arme auszuruhen.

Erleichtert ging sie auf der Haut des Meeres umher, tastete, wie weit es führte, doch der Rand außerhalb der Stelle, auf die der Mond sein leuchtend warmes Auge warf, war noch immer kalt und tief, unheimlich tief. Nein, sie würde einfach hier stehen bleiben und warten, bis es Tag würde, sofern es in diesem Traumland, in dem sie sich bewegte, überhaupt ein Erwachen gab. Und als ihr die Zeit lang wurde, fing sie an, wie ein kleines Mädchen die Lichter von Korsika zu zählen. Sie pulsierten wie die Augen eines Leopardenfisches! Sie wusste nicht, ob es so einen Fisch gab, aber das Wort machte ihr Herz leichter. Und die vielen kleinen Augen erinnerten sie an die Münder des tapferen Schwarms, der schon wieder dort unten in der Tiefe tauchte. Und sie atmete diese leuchtenden Augen ein, saugte von dieser weiten, kräftigen Leere dort draußen und in diesem Moment wusste sie, dass sie selbst diese Leere war. Sie war die Kiemen und das Wasser. Sie war die Lichter und der Schwarm, das alles war sie und doch nichts!

Dann, als sie gerade im Traum die Augen schließen wollte, spürte sie einen Ruck, als wäre sie auf Grund gelaufen! Und im nächsten Moment konnte sie die Brandung hören. Sie wunderte sich noch, dass sie dieses Rauschen zuvor nicht wahrgenommen hatte. Doch erst jetzt hörte sie das Brechen der Wellen, mal röchelnd, mal streichend, je nachdem, wie grob der Sand war, den das Meer gerade in die Bucht spülte. Und sie wusste, dass sie wieder zurück an Land war.

Als sie erwachte, war es noch immer Nacht. Der Mond hatte sich schon wieder ein ganzes Stück entfernt. Der Lichtkegel auf ihrem Schreibtisch war erstaunlich schmal geworden. 1:47. Das Display von ihrem Handy war nun das hellste Licht im Raum, und sie spürte, dass sie nicht alleine war. Etwas anderes war noch bei ihr. Sanft und unaufdringlich.

„Seelena? Bist du es?"

„Ja. Ich bin es."

„Habe ich dich im Schlaf gerufen?"

„Nein, Liebes, gerufen hast du nicht. Hast du jemand anderes erwartet?"

„Nein. Aber es ist schön, dass du bei mir bist. Ich hatte einen seltsamen Traum."

„Ich weiß."

„Konntest du es hören?"

„Nun, ich weiß nicht, was du erlebst hast. Aber, ja, ich konnte hören, wie du dich im Wasser bewegt hast. Es war das Meer, oder?"

„Ja, direkt hier vor unserer Küste. Ich war ganz weit draußen. Aber weißt du, ich hatte gar keine Angst."

Sie spürte Seelenas Nicken.

„Und noch etwas ist seltsam. Als ich erwachte, war es, als wäre ich mit einem bestimmten Wissen aufgewacht und es ist immer noch da."

„Was für ein Wissen?"

„Nun ja, es ist, als wüsste ich auf einmal, was uns alle bewegt. Ich meine, ich habe mich die ganze Zeit dort im Wasser bewegt, und jetzt ..."

„Und?"

„Na ja, weißt du, es ist wie ein Update auf meinem Laptop oder so etwas Ähnliches. Es ist einfach da, obwohl ich mir darüber noch nie Gedanken gemacht habe! Es ist eigentlich ganz einfach. Also, ich meine, es ist ganz klar. Ich weiß nicht, ob das etwas mit dem Traum zu tun hat, aber etwas in mir weiß, dass es verschiedene Räume unseres Bewusstseins gibt, die sich wie Ebenen übereinanderschieben und miteinander schwingen. Sie sind immer in Bewegung!"

„Ganz ruhig", federte Seelena die Hast ab, die Raffaella noch immer aus dem Meer mit sich trug. „Vergiss das Atmen nicht, Liebes. Du hast keine Kiemen."

„Ja, du hast recht. Oh Mann, das ist aber auch viel auf einmal! Wo fange ich an?"

Raffaella atmete tief durch.

„Also, da ist zum einen, ganz unten, eine Art kollektives Schwingungsfeld, es fühlt sich an wie ein riesiger Atemzug, der irgendwann einmal begonnen hat. Wann, weiß ich nicht. Ich stelle ihn mir wie ein gigantisches, waberndes Meer vor, in dem alle Erfahrungen gespeichert sind, die diese Erde bisher erlebt hat. Und dieses Wissen hat Wurzeln, die noch viel weiter zurückreichen. Die kann ich aber nicht sehen. Ich weiß nur, dass es sie gibt, aber ich habe keinen Zugang dazu. Keine Ahnung, warum."

Seelena war ganz bei ihr.

„Darüber liegt ein individuelles Schwingungsfeld, das sich auch wie ein Meer über dem anderen, alten, großen Wasser bewegt. In ihm sind alle Erfahrungen gespeichert, die ein Mensch in seinem Leben gemacht hat, und noch mehr: Auch alle Erfahrungen aus seinen früheren Leben. Ich kann es sehen, denn wenn ich es mir vorstelle, sehe ich, wie sich einige Wellen auf dieser Oberfläche von ganz tief unten speisen, als würden sie sich dort ihre Kraft holen."

„Das klingt schön."

„Ja, aber das ist nicht alles! Auf diesem individuellen Schwingungsfeld gibt es Amplituden, einzelne Wellen, die so richtig hoch sein können, und ein Teil in mir weiß, dass sie es sind, die einen die anderen Felder vergessen lassen. Ich glaube, diese Amplituden sind Krisen oder so etwas. Jeder Mensch hat irgendwann in seinem Leben solche hohen Wellen, irgendwie verteilt in seinem Schwingungsfeld. Und noch etwas anderes sehe ich ganz klar: Wenn sich die Wellen des kollektiven Feldes mit denen des individuellen treffen, also ganz miteinander übereinstimmen, dann entsteht dort eine enorme Kraft.

Es muss sich richtig gut anfühlen, so zu surfen! Ich kann mir schon vorstellen, dass ein Mensch, der gerade so eine Phase erlebt, richtig kreativ ist, vielleicht sogar etwas ganz Neues entdeckt oder schafft!"

„Das klingt sehr ermutigend, auch wenn ich nicht genau weiß, was du mit *surfen* meinst."

„Na ja, darüber hinweggleiten oder so. Eine fließende Bewegung."

„Danke."

„Allerdings sehe ich auch, dass es sehr anstrengend sein kann, wenn das Ganze zufällig auf eine dieser Amplituden trifft. Dann ist da Kraft, die auf eine ganz eigene, schwer zu steuernde Dynamik trifft."

„Du sprichst von Angst."

„Ja, oder das Gefühl nicht am richtigen Ort zu sein. Falsch gepolt eben. Ich glaube, dass ein Großteil dessen, was wir an intensiven Gefühlen erleben, mit diesen Amplituden zusammenhängt!"

Raffaella spürte ein besonnenes Schweigen auf der anderen Seite. Sie hatte gerade selbst eine perfekte Welle erwischt.

„Und dann gibt es noch diese andere Möglichkeit, dass das kollektive Feld mit der individuellen Schwingung nie zusammenfällt."

„Oder ihr entgegen läuft."

„Ja, genau!"

„Das muss sich sehr verloren anfühlen."

„Wie umhergetrieben, ohne Ruhepunkt und ohne Anker. Du sagst es: Ein Gefühl, wie gegen den Strom zu schwimmen und eigentlich nicht zu wissen, was die anderen von einem wollen. Es ist schwer, in dieser Konstellation die Erwartung der anderen zu erfüllen, und wenn dann noch eine Krise in Form einer Amplitude dazukommt, die auf ihren höchsten Punkt zusteuert ..."

„... fühlt es sich an, als wäre man nicht von dieser Welt."

„Ja, du bist woanders, als hätte das Leben dich gerade rausgeschubst! Keine Ahnung, wo diese Menschen dann sind, aber sie sind nicht hier, jedenfalls nicht mit ihrem Bewusstsein. Alles in diesem Zustand fühlt sich fremd und verloren an. Diese Menschen warten, irgendwo, bis es Tag wird oder sich am Horizont ein Boot auftut."

„Du bist sehr weit gereist", hörte sie Seelena mit einem Lächeln sagen und ihr war, als hätte gerade eine warme, zärtliche Hand ihre Wange gestreichelt, so als würde sie sagen, jetzt ist es gut.

„Ist das verrückt?"

„Nein. Ist das alles denn so viel anders als der Traum, den du hattest?"

„Na ja, im Traum war ich damit beschäftigt, mich zu bewegen, das heißt, ich konnte gar nicht anders, als mich in Bewegung halten. Bis ich diesen sanften hellgrünen Druck unter mir spürte, der mir Halt gab und dem ich vertraute."

„Das hört sich nicht wie verrückt an."

„Wie meinst du das?"

„Na, zu vertrauen."

„Ja, du hast recht. Tut es nicht. Es ist nur ... Ich habe noch nie so geträumt."

„Weißt du, ich glaube, dass viele Menschen solche Erfahrungen machen. Die Frage ist nur, wie weit man sie als wirklich wahrnimmt."

„Hattest du schon einmal so eine Erfahrung?"

„Ich glaube, jeder, der sich schon einmal im Wasser erinnert hat, kennt so eine Erfahrung."

„Was meinst du mit erinnert?"

„So, wie ich es sage. *Er-innern.*"

„Du meinst, innen erleben?"

Seelena nickte.

„Hast du so etwas schon einmal erlebt?"

„Ja, so ähnlich. Nicht in einem Meer, aber ..."

„... im See."

Diesmal lächelten beide.

„Und, was hast du dir dabei gedacht?"

„Nun, gedacht habe ich nichts dabei, aber ich habe einmal von so einem ähnlichen Bild gehört. Sie nennen es die *axis mundi*. Du weißt sicher, wie man das schreibt. Ich kenne es nur vom Hören."

„Und was sagt dieses Bild?"

„Soweit ich weiß, beschreibt es die Erde und die Achse ihrer Welt. Die Achse ist die ewige, unbewegte Ruhe, die in die Unendlichkeit zeigt, während sich die Erde um sie herum dreht. Und wenn man nicht die Zeit damit verbringt sich totzuschlagen, weil man darüber streitet, wer denn nun eigentlich der

Mittelpunkt dieser Welt ist, dann gibt es ständig beide Ebenen. Eine zeit- und raumlose, die in die Unendlichkeit verweist, und eine bewegte Ebene, aus der heraus sich ständig Raum und Zeit neu erschaffen. So Gott will."

„*Er* könnte mir bestimmt mehr dazu sagen, stimmt's?"

„Das hast du gut gehört, Liebes. Du bist heute ganz schön weit geschwommen."

„Ja, und auch ein wenig müde. Möchtest du noch eine Weile bleiben?"

„Sehr gerne."

Dann trat eine sanfte Ruhe in den Raum, als wollte sich die Freundlichkeit an diesem Augenblick noch richtig satt trinken, und ehe sich Raffaella versah, war sie für ein paar Minuten eingenickt. Sie war ein wenig erschrocken, als sie zurückkam. 2:43 Uhr.

„Bist du noch da?"

Raffaella wusste, dass sie dieses Lächeln, das als Antwort wie ein warmer Windhauch durch ihren Körper kam, schon jetzt vermissen würde.

„Dieses Bild, die *axis mundi*, ist das ein Bild aus dem Mittelalter?"

„Das weiß ich nicht."

„Was meinst du damit?"

„Na, ganz einfach. Ich weiß nicht, in welcher Zeit ich lebe, und wie du das nennst."

„So steht es in den Geschichtsbüchern."

„Mag sein. Vielleicht sind diese Bücher erst später geschrieben worden."

„Gibt es bei euch denn Bücher?"

„Ja, Bücher gibt es. Aber sie kosten sehr viel. Nicht alle haben Bücher, aber denen, die sie haben, scheinen sie sehr viel wert zu sein."

„Was ist das bekannteste Buch, das du kennst?"

„Das von einem Herrn Luther, denke ich."

„Das grenzt das Ganze schon mal ein. Also, ich lebe in Italien, jetzt, hier. Kennst du Italien?"

Seelena schüttelte leicht den Kopf.

„Du kennst Italien nicht?"

„Nein, das höre ich zum ersten Mal. Aber es klingt schön."

„Das ist es auch. Du müsstest es sehen! Ich möchte nirgendwo sonst geboren sein."

„Ich kann es hören."

„Die Hunde da draußen?"

„Ja, die Hunde. Sie sind alle in einem Umkreis von vierhundert Schritten."

„Du misst die Entfernung in Schritten?"

„Ja, das ist für mich das Einfachste. Ich gehe und ich zähle. Meine Welt ist die, die ich zu Fuß erreichen kann."

„Also, du kennst kein Italien und du rechnest in Schritten ... Was ist das Schnellste, mit dem man sich in deiner Welt fortbewegen kann?"

„Soweit ich weiß, gibt es nichts Schnelleres als ein Schiff oder ein Pferd. Ein gutes Schiff braucht natürlich ordentlich Wind."

Raffaella nickte. Sie musste an die alten Turmruinen an der Küste denken, die früher zum Schutz vor Piraten dienten.

„Und soweit ich weiß, hat es auch nie etwas Schnelleres gegeben", schob Seelena geduldig nach.

„Sagt dir Pisa etwas? Oder, nein, warte: Das Herzogtum von Pisa?"

„Herzogtum sagt mir etwas und, dass es nicht immer was mit Herz zu tun hat."

Diesmal musste Raffaella lachen und sie hoffte insgeheim, dass Seelena es auch spüren konnte.

„Die Hunde da draußen sind übrigens so nervös, weil es die Wildschweine jetzt nachts bis in die Gärten treibt. Es hat sieben Monate nicht geregnet."

Seelena nickte, während Raffaella still an die Jagd dachte.

„Jagen ist bei uns ein Privileg", nahm Seelena die Fährte auf.

„Das kann ich nicht gerade sagen. Bei uns darf im Grunde jeder jagen, nur alles zu seiner Zeit. Aber sag, gibt es noch Ritter bei euch?"

„Ja, ein paar gibt es noch. Und es gibt viele Fürsten und Grafen. Sie alle treibt eine ängstliche Unruhe um."

„Was macht ihnen Angst?"

„Es gibt viele Kriege. Es kann sich jederzeit etwas ändern. Man braucht Bündnisse. Ohne die lebt man ständig in Angst."

„Das ist heute nicht anders. Es gibt immer noch viele Kriege und viele Bündnisse."

„Aber lass uns nicht von Kriegen sprechen."

„Du hast recht. Nun werde ich aber doch müde. Es ist gleich drei. Habt ihr Uhren?"

„Ja, Uhren gibt es. Jede große Stadt hat Türme, an denen große Uhren hängen."

„Und an der Hand?"

„Wie meinst du das?"

„Na, tragt ihr Uhren an der Hand. Wie sagt man gleich nochmal dazu?"

„–"

„Oder Taschenuhren?"

„Nein, Zeit hat bei uns einen festen Platz. Sie ist nicht in Bewegung. Die Uhren hängen fest an den Türmen und verkünden unwiederbringlich das Streichen der Zeit. Furchtbar, wenn du Schulden hast und sie zu einem bestimmten Tag bezahlt haben musst."

„Oder wenn du verliebt bist und auf jemanden wartest."

„Ja, da hast du recht, Liebes. Die Uhrtürme haben mehr Macht über die Menschen, als ihnen lieb ist."

Und Raffaella spürte, wie diese warme, zärtliche Hand wieder über ihre Wangen strich. Sie wollte noch unbedingt ein paar Minuten wach bleiben und überlegen, in welches Jahrhundert dies alles passte, doch das zärtliche Streicheln ließ ihr keine Wahl und sie fiel in einen tiefen, ruhigen Schlaf. Und diesmal blieb sie mit ihrem Bett an Land.

5

Die Mauern der Bibliothek in Portoferraio, die gleichzeitig die Schulbibliothek war, warteten kühl und verschwiegen, als sie am nächsten Mittag den Palazzo am Rande der Altstadt betrat.

„Die *alte* Schulbibliothek", kommentierte Raffaella pointiert ihr Vorhaben, während sie schwungvoll den ersten Fuß auf die Granittreppe hinauf in den zweiten Stock setzte und wie immer die erste Stufe übersprang.

Dieses Haus mit seinem Innenhof und seinen leuchtend weißen Arkaden war schon vieles gewesen, Kloster und Kaserne, und für Raffaella eines der schönsten in der Stadt.

Egal, was man Geschriebenes über die Insel suchte, man fand es hier, gleich im Erdgeschoss, nur eine Steinstufe tiefer im historischen Archiv. Hier war nicht nur ein Teil der Privatbibliothek Napoleons zuhause, sondern auch ein beachtliches Archiv an Handschriften und Titelblätter alter Zeitungen. Doch heute war diese Tür geschlossen. Für die Mitarbeiter der Bibliothek war Raffaella noch immer eine ehemalige Schülerin und keine Forscherin. Und doch wusste sie: Hinter ihr warteten sie, die hohen Holzregale mit den dicken Buchrücken, von denen manche so brüchig waren, dass man Mut brauchte, sie überhaupt anzusehen. Eine Schatzkammer, die sich einmal für sie geöffnet hatte und es vielleicht wieder tun würde, wenn sie eines Tages mit einem Studienausweis der

Universität Florenz zurückkam. Doch vorerst würde ihr auch die Stadtbibliothek weiterhelfen, ganz oben unter dem Dach.

Siebenundzwanzigtausend. Das war die erste Zahl, die sie als Gymnasiasten in dieser Stadt gelernt hatten. So viele Bücher hatte Raffaello Foresi der Stadt Anfang des zwanzigsten Jahrhunderts vermacht und der Öffentlichkeit geschenkt. Sie alle waren hier irgendwo in den Regalen. Viele davon aus dem sechzehnten Jahrhundert. Eine Zahl, die sich bis heute in ihrem Kopf aufhielt, jedes Mal wenn sie die Räume im zweiten Stock betrat. Siebenundzwanzig, das waren genau ihre Wochenstunden, die sie die ersten beiden Jahre in der Oberstufe hatte, davon fünf Latein, fünf Italienisch und vier Griechisch. Dazu kamen noch drei Stunden Englisch und für Raffaella noch zwei im Wahlfach Deutsch. Der Rest war Naturwissenschaft. Zumindest im klassischen Zweig. Philosophie, Geschichte und Kunstgeschichte kamen erst in den letzten drei Jahren dazu. Erstaunlich, wie präsent das noch alles war, jetzt, da sie es nicht mehr brauchte!

Sie hatte diesen schmalen, hohen Raum mit seinen Metallregalen und den Zwischenetagen schon immer gemocht und nun gehörte er für zwei Stunden ihr. Solange würde Signora Caletti für ihre Mittagspause brauchen, zuhause Mann und Hund versorgen und Punkt drei wieder hier sein, wie auch die letzten fünfunddreißig Jahre. Ihr Vertrauen und die Schlüssel hatte sie schon.

Nun brauchte sie nur noch etwas Glück. Sie wusste, dass hier so manches feine Buch zu finden war, und die Zeichen standen gut. Jetzt, in den großen Ferien, war auch nicht mit einem der Lehrer zu rechnen, die sich, wie ihr Simona Caletti schielend über die Brille anvertraute, so gut wie nie an die Mittagspause hielten. Und Lesestoff für den Strand gab es im Buchladen an der Hafenpromenade oder in den Kartonaufstellern der Supermärkte genug.

Doch den Stoff, den sie suchte, gab es nicht auf der Straße, und ohne Laptop war sie an diesen Ort gebunden wie Fledermäuse an ihr Radarsystem. Ja, sie kam sich tatsächlich wie eine kleine Schlossherrin vor, hier zwischen den kühlen Mauern der Bibliothek, die nun ganz ihr gehörte.

Aufgeregt klingelten und klickerten Signora Calettis Schlüssel in ihrer Hand, während die Finger der anderen die gebundenen Buchrücken abfuhren, als könnte sie mit einem Röntgenblick in ihren gebogenen Wirbelsäulen lesen. Irgendwo hier musste sich doch etwas finden lassen! Etwas, das ihr mehr über die Herkunft von Florentinas Briefen verriet.

Zwei Stunden, mehr würde sie nicht brauchen, und dann bliebe immer noch genügend Zeit, die neuen Bücher einzusortieren, wie sie es der alten Caletti versprochen hatte.

„Schlüssel scheinen wohl an Versprechen gebunden zu sein", kommentierte sie nun die feinen Bewegungen ihrer Finger, die immer konzentrierter von oben nach unten über die Buchrücken tanzten, als hätten sie dieses Spiel eigens für diesen Moment geübt. Sie taten es einfach, so als spielten sie Klavier, in einem Raum, in dem nur alte Wände lauschten, und der Bibliotheksschlüssel, der mit seinem großen, gelben Plastikanhänger eher an Seenotrettung als an ein geheimes Turmzimmer erinnerte, schwang sportlich mit.

„Ich habe dich schwerer in Erinnerung, mein Freund", sprach sie nun ganz in ihrem Element zu ihm. „Wie oft hast du mir diesen Raum geöffnet, immer dann, wenn ich die kleinen Büchlein für die Theatergruppe holen musste? Noch gar nicht lange her, und nun gehörst du mir. Wie schnell sich doch die Dinge ändern, was? Sag, wo finde ich mehr zu dieser Zeit? Oder sprichst du nur mit der Caletti?"

Das Klingeln und Klickern der Schlüssel begleitete eifrig jeden ihrer Schritte. Und wenn man nicht genau hinsah, konnte man ebenso gut meinen, es war einer dieser kleinen Schoßhunde, mager, weiß und mit spitzen Ohren, der ihr dort an seiner teuren Kette folgte.

„Weißt du", fuhr Raffaella flüsternd fort, „ich suche Brücken, die die Balkone des sechzehnten Jahrhunderts in ganz Europa miteinander verbinden. Hast du so etwas, ja? Dann zeig es mir! Es muss nicht unbedingt eine vollständige Liste sein. Man muss Uhrtürme sehen können, Fürstenhäuser und

Kriege. Luther, dieser Hund!, schreit es irgendwo von einem hölzernem Tor."

In diesem Moment verstummte das Rascheln der Schlüssel. Doch außer ihr war niemand hier. Sie hatte sich getäuscht. Heute war Dienstag, und da würde die Bibliothek erst wieder um drei für den Publikumsverkehr geöffnet sein. Sie durfte trotzdem keine Zeit verlieren.

„Ach, ich glaube, ich könnte ganz Europa verschlingen! Wo fange ich nur an? Nein, diese hier können es nicht sein, diese hier sind nur Theater, das andere alles nur Physik ... Aber ich brauche mehr als Kopernikus, Montaigne und Bruno. Sag, wo hast du sie versteckt? Wo sind sie, die feinen Fäden, die nicht auf ausgeblichenen Bücherrücken prahlen? Gerolamo Cardano, Luca Pacioli, Nicolo Tartaglia ... das Jahrhundert stimmt schon mal und doch ist es mir viel zu kurz. Sieh nur, schon ist das Regal zu Ende!"

Plärrend schob sich draußen vor den Fenstern ein Krankenwagen durch die Stadt, als wollte er sagen: Hey, Raffaella! Was tust du da?! Hier draußen spielt das Leben! Du findest es nicht zwischen den Regalen! Lass die Schule endlich Schule sein und komm raus auf die Straße! Hier gibt es Abenteuer genug!

„Ach nein, ich fürchte, all deine Regale können mir nicht zeigen, was ich suche, stimmt's? Bin ich am Ende nur gekommen, um diese Bücher einzuräumen? Sieh nur, wie hämisch sie schon nach uns luren! Der

Caletti ist es sicher recht. Und wie sie riechen! Nach Plastik und Karton! Ganz frisch gedruckt. Glotzt nur weiter, Hybris und Kartonia! Zu euch komm ich gleich!

Doch wo ist es nun, dieses andere, feine Denken? Eine letzte Chance. Hier vielleicht? Hier irgendwo in diesen Reihen, wo es nach Shakespeare riecht, nach Sehnsucht und Verrat? Ach, sollt's das am Ende gar gewesen sein? Doch halt, ich fühle was, es ist ganz nah und doch kann ich's nicht sehen. Doch die Wehen, solch ein Buch zu sehen, ließen mich noch Stunden hier verbringen. Doch vielleicht muss' erst noch geschrieben werden. Was wäre es am End wohl wert? Was würde ich dafür bezahlen? Mehr als einen Tageslohn? Wo's doch so viele Jahre kostet, es zu schreiben."

Ihre Gedanken hatten plötzlich einen ganz eigenen Ton. Etwas in ihr sprach wie ... Ja, etwas anderes war jetzt noch mit im Raum! Sie spürte es ganz deutlich. Sie musste nur auf ihre Finger sehen! Sie hatten aufgehört zu tanzen, als hätten sie schon länger etwas gehört. Ja, da war es wieder, dieses sanfte, freundliche Gefühl aus den Briefen, ganz nah bei ihr.

„In Kreuzern musst du rechnen, Kind!", stahl sich Seelenas Stimme frech dazwischen.

„Oh, du bist's, meine Teure! Wahre Freude spricht. Wo hat dich der Wind denn aufgetrieben?"

„Die Sprache war's."

„Die Sprache war's? Wie kommt's?"
„Hörst du denn nicht, wie du hier sprichst?"
„Wie sprech ich denn? Los sag es schon!"
„Oh, ganz so, wie's in feinen Büchern steht."
„Ich fürchte, ich verstehe nicht."
„Vielleicht am End' muss erst noch geschrieben werden", wiederholte Seelena einen der Sätze. „Sag, mein Kind, wann sprichst du so?"
„Du hast recht. Vielleicht träume ich nur."
„Das glaub ich nicht. Ich denke, du bist ganz bei mir. Du lernst schnell. Trägst schon ganz den meinen Ton."
„Und an dem hast du mich erkannt?"
„Wie man sich erkennt, wenn man dieselbe Sprache spricht."
Raffaella nickte.
„Doch sag, wie hast du mich gefunden?"
„Du hast mich gefunden, Liebes. Vergiss das nicht! Du bist es doch, die hier sucht, nicht?"
„Das stimmt wohl. Da hast du recht. Was ist denn nun mit meiner Frage?"
„Von welcher Frage sprichst du jetzt?"
„Na, das Buch, von dem ich vorhin sprach. Hat es dich nicht gerufen?"
„Oh, ach nein, du musst verzeih'n. Von solchen Dingen versteh ich nichts."
„Kreuzer, sagst du? Ist das die Währung, die du kennst?"
„Kreuzer trägt man hier, wenn Gott es will, in seiner Tasche."

„Sag, was würde so ein Buch wohl kosten?"

„Ein Lehrbuch, so wie du es suchst?"

„Ja, eines, das weit mehr erzählt als nur die Taten. Doch ich sehe hier nur Zahlen. Sieh nur hier, was ich gefunden hab! Das könnte dir gefallen. Sprachst du nicht von großen Uhren, dort an den Türmen jeder Stadt?"

„Das tat ich wohl."

„Hier steht's: Allein die Hemmung lässt die Räderuhr ihr genaues Uhrwerk tun."

„Die Hemmung sagt mir nichts."

„Sogar mit schönen Bildern drin. Sieh nur hier, die Zeichnung spricht's! Offenbar ist's nicht die Kunst, Räder in den Schwung zu bringen. Vielmehr wohl zu verhindern, dass die Zeit nicht gleich in einem Schwung durch die ganzen Räder läuft."

„Und muss dabei genau noch sein."

„So ist es! Ohne Hemmung keine Uhr!"

„Ohne Uhr keine Hetz."

„Und ohne Hetz keine Angst. Ist das nicht spannend?"

„Ja, das ist es wohl, und ich sehe, wie sehr's dich freut. Wie gerne wäre ich in deiner Zeit geboren."

„Nur für moderne Dinge scheint es nicht zu gelten. Wenn ich an meinen Radiowecker denke, der noch nachts jede Dunkelheit verbannt. Grell und ohne Zweifel, in leuchtend grünen Ziffern."

„Dunkelheit ist etwas Schönes."

„Ist nicht immer irgendwo ein Licht?"

„Du sprichst von Sternen und dem Mond?"

„Vielleicht. Ich frage mich, wie viel von diesen Büchern im Kerzenlicht geschrieben wurden. Hier, sieh nur: *Ein Sommernachtstraum* von Shakespeare. Vielleicht hat er es nachts geschrieben."

„Lassen sich die Verse besser hören als lesen?"

„Oh, das tun sie wohl!"

„Dann sind sie nachts geschrieben."

„So einfach ist's?"

„Ich denke schon. Probier es aus!"

Raffaella musste gar nicht zögern und die Auswahl fiel ihr selten leicht. Wenn das stimmte, was Seelena sagte, war jeder Satz gut genug. Und so war es. Sie las einen Satz und wiederholte ihn dann mit geschlossenen Augen. Ein paar Mal folgte sie dem Spiel. Dann war sie wieder ganz bei ihr.

„Oh, du hast recht. Wie tiefer es doch in mir rührt."

„Nicht nur in dir. Ich denke, er hat es nachts geschrieben."

„Vielleicht wandelt's deswegen so schön im Dämmerlicht über die Bühne, könnt abends und auch morgens sein, während die Lerche mit der Nachtigall die Federn tauscht. Gefangen irgendwo auf hoher See, zwischen Sehnsucht und der Wehmut."

„Gibt es denn da einen Unterschied?"

„Oh, den gibt es wohl! Wehmut kennt das immer nur Vergangene, Sehnsucht das, was fehlt, ohne dass man es schon greifen kann.

Und so lebt der Mensch ganz unbedacht an seiner eigenen Gegenwart vorbei."

„Du bist sehr klug, Liebes."

„Das hat uns Fini gelehrt. Unser Lehrer. Ich habe nur gut aufgepasst", gab Raffaella stolz zurück.

„Gibt es denn ein anderes Leben als das der Gegenwart?"

„Bei uns schon. Bei dir denn nicht?"

„Oh, Träumen gibt es wohl, auch Trauer und auch Angst. Aber beides spielt im Hier und Jetzt und beides musst du leise tun."

„Habt ihr denn keine Zukunft, Dinge an die ihr sorgsam denkt?"

„Du meinst, anderes als Träumen?"

„Ich meine, Dinge, die Antwort von dir fordern, weil sie die Zukunft mitgestalten."

„Nein, solche Dinge gibt es nicht. Es sind die Großen, die die Dinge lenken. Mein Leben ist dafür zu klein."

„So nimmst du einfach alles hin?"

„So Gott es will."

„Dann ist Zukunft nicht mehr als das, was auf dich zukommt. Mit oder ohne dein Zutun."

„So ist es."

„Dann kommt das Wort aus deiner Zeit, ohne dass du es schon kennst?"

„Vielleicht. Aber mir fehlt es nicht. Ist es denn wichtig?"

Raffaella amüsierte der Gedanke, dass vielleicht nicht einmal Alberto Fini davon wusste. Zukunft hatte also einen ganz stillen, leisen Quell, und der lag irgendwo in dieser

Zeit, wer weiß, vielleicht schon früher, aber in jedem Fall ganz anders als heute, hier, wo die Zeitungen und Menschen nicht müde wurden, an jeder Straßenecke nach ihr zur rufen!

„Ich weiß nicht. Ein Leben ohne Zukunft? Das fühlt sich leer an."

„Tut es nicht. Glaube mir."

Einen Moment lang war es still in der alten Bücherei. Raffaella blickte scharf zur Uhr. Zukunft war hier sehr real. Keine Frage: Die Hemmung der großen Uhr über der Türe kontrollierte auch diesen Raum. Schon bald würden die neuen Bücher ihr Versprechen einfordern. Und so schoben ihre feinen Finger das Uhrenbuch und Shakespeare fix zurück, exakt an jene Stelle, an der sie wohl für immer bleiben werden. Diese Bücher waren Teil der Geschichte und die gehörte nun einmal genau in dieses Fach.

„Ist er denn ein mächtiger Mann?", stolperte es hastig aus ihr heraus, als sie das große Uhrenbuch mit einem feinen Schubs zurück in seine Lücke stieß. Verdammt, die Zeit hatte mehr Macht, als sie es sich eingestehen wollte! Doch das Schweigen, das der Frage folgte, drängte die Hast sogleich an ihren Platz zurück.

„Wie, du sprichst von *ihm*?"
Raffaella nickte.

„Ja, das ist er. So mächtig, dass ich dir nicht einmal seinen Namen nennen kann. Aber es gibt etwas, das mächtiger ist als er und es treibt ihn um."

„Und es ist nicht von dieser Welt, stimmt's."

Und noch bevor sie es ausgesprochen hatte, spürte sie etwas zärtlich über ihren Nacken streichen. Raffaella ließ es geschehen, spürte es fließen, in ihre Schultern und in ihre Arme, bis ihre Finger wie von selbst den Weg zum nächsten Boden in den Regalen fanden.

„Aber sieh, hier gibt es noch anderes als Wissenschaft. Philosophie, Gedichte und Prosa und zwischen allem immer wieder Krieg. Kaum ein Buch über das sechzehnte Jahrhundert, in dem es nicht um Kriege geht. So viel Bewegendes und Neues gibt es dort zu lesen und doch so viel Leid!"

„Dann bist du wohl schon nahe dran."

„Gibt es Kriege dort bei euch?"

„Oh ja, Leiden gibt es viele. Der Unmut tut sich auf. Bauern kämpfen gegen ihre Herren, und im Osten drohen Türken mit großen, starken Heeren, machen es den Fürsten schwer. Doch von Piraten hab ich nie gehört."

„Piraten? Was weißt du von Piraten?"

„Nichts. Aber du erzählst davon, nachts in deinen Träumen."

Raffaella ließ die Finger ruhen. Beschämt blickte sie zu Boden. Zum ersten Mal hatte sie das Gefühl, dass auch ihr jemand folgte, während die Poolabdeckung unbemerkt aus ihren Angeln glitt. Wer lauschte hier eigentlich wem? Sie war so weit in die zärtliche Welt der Briefe eingedrungen, dass sie gar nicht bemerkt hatte, wie sehr sie darin wühlte.

„Ja, du hast recht. Es ist diese alte Geschichte ..."

„... von Innamorata."

„Ja, die alte Legende."

„Legenden sind ein feiner Stoff."

Und zum ersten Mal spürte Raffaella nicht nur die sanfte Leidenschaft, die hinter dieser anderen Stimme schwang, sondern auch eine Wachheit, die sie bis dahin nicht gehört hatte.

„Wenn du mich fragst, näht man aus ihnen die schönsten aller Kleider. Legenden sind der Stoff aus meiner Welt. Weißt du, sie gehören nicht nur denen, die teuer dafür bezahlen. Legenden sind für alle da, ob arm oder reich, Bauer oder Fürst, Bettler oder Edelmann. Jeder muss sich gleich vor ihnen neigen, um zu hören."

Raffaella blickte kurz zur Tür. Signora Caletti war auch eine Legende, aber immer pünktlich.

„Was kostet nun so ein Buch in Kreuzern?"

„Das kann ich dir nicht sagen. Am End, ich könnt's mir nie verdienen und wenn ich noch so fleißig wär. Das Leben frisst schon alles auf. Ich halt es lieber mit Erzählen."

„Erzählen heißt gut hören können."

„Ja, mein Liebes, das trifft es wohl. So geht's dir sicher mit den Versen. Hier, diese, die da vor dir stehen, magst mir nicht noch eines lesen, so lange es die Zeit noch duldet?"

„Shakespeare, sag, Shakespeare willst du nochmal hören?"

„Warum nicht? Ein Mann, der Sehnsucht und auch Wehmut kennt. Wer könnt ein besserer Lehrer sein?"

Entschlossen fasste Raffaella nach einem der schmalen Büchlein, während ihre Zunge ein zweites Mal über die Lippen strich, bevor sich alles in ihr den Versen ergab.

„Wir haben hier die englische und natürlich eine italienische Ausgabe", setzte Raffaella mit Freuden nach. „Welche von beiden möchtest du hören?"

„Die Sprache, in der du träumst."

„*Certo, sì, sì.*"

Dann nahm sie eines der kleinen, fast totgeknickten Büchlein des Theaterkurses und versuchte es zum Leben zu erwecken, so gut sie eben konnte. *Romeo e Giulietta.* Es war nicht schwer, die Balkonszene zu finden. Ein riesengroßes Eselsohr führte direkt unter den Balkon von Giuliettas Zimmer ins Verona des sechzehnten Jahrhunderts. Und sie hatte allmählich Freude daran, Seelena durch die moderne Welt des Theaters zu führen wie eine Touristin, die viel zu lange geschlafen hatte und nun doch noch etwas von der anderen Seite sehen wollte.

Secondo atto, seconda scena:
  Romeo entra
A chi ride delle altrui cicatrici,
Non è mai stata inflitta una ferita
  Giulietta esce sul balcone
Ma silenzio! Quale luce entra
dalla finestra?

È l'oriente et Giulietta è il sole!
Sorgi o bel sole,
uccidi l'invidiosa luna,
Che è malata di tristezza
e pallida di gelosia
Chè tu, sua ancella, sei molto più bella.

„Oh, das klingt schön. Was Liebes, sag, was erzählst du da?"

Raffaella warf noch einmal einen Blick in die Zeilen. Die Ausgaben fürs Theater waren nicht zweisprachig aufgelegt. Es dauerte einen Moment, bis sie die deutschen Worte dafür fand. Shakespeare war nicht irgendein Schriftsteller. Seine Doppeldeutigkeiten waren anspruchsvoll. Doch diese Szene wusste nichts von den doppelten Böden elisabethanischer Bühnen, und so fand sie schon wenige Augenblicke später einen sicheren Steg in dieses feine Bild der Leidenschaft.

„Wer über Narben lacht, kennt keine Wunden. Doch sanft ... Nein, warte! ... Doch leise! Was für ein Licht fällt dort durch's Fenster? Es ist der Osten und Julia ist die Sonne! Strahle, oh Sonne, und verletze ... Nein ... und schlag die Mondin tot, die krank vor Trauer ist und bleich vor Eifersucht, dass du, ihre Magd, um so viel schöner bist als sie."

„Oh, ein schönes Bild hast du dort aufgeschlagen! Du solltest beim Theater bleiben."

Raffaella spürte, wie ihr der Stolz ein feines Schütteln in den Rücken trieb.

„Aber nein, mit Theater lässt sich nichts verdienen. Ich möchte es mit der Wissenschaft versuchen. Sprachen und Literatur. Vielleicht lässt sich ja später in einem Verlag ein Auskommen verdienen. Aber bis dahin ist es noch ein weiter Weg."

„Und doch ist er schon ganz schön nah."

„Vielleicht. Nur Frau Caletti möchte ich nie werden."

Nun mussten beide herzhaft lachen. Ein wenig Zeit blieb ihnen noch, bis die alte Signora wiederkam. Und so wartete Raffaella einen Augenblick, bis das Motorengeräusch der beiden Geländemaschinen verschwunden war, das so überraschend in den kühlen Raum hereingebrochen war, gefolgt von einem bläulichen Dunst, der so schamlos an den Fenstern vorüberzog, dass es nur richtig war, wenn ihn die Glyzinien der Stadtmauer für immer verschlangen.

„Ah, hier ist es! Hör nur, das hier könnte dir noch gefallen."

„Nur zu, ich bin ganz bei dir."

Und so erzählte Raffaella von Queen Mab. Etwas zu hastig, aber sie hatte nichts vergessen.

„Königin Mab, wer ist das? Ist das eine echte Königin?"

„Nein, das ist sie nicht. Aber lass uns sehen, was Shakespeare von ihr erzählt. Dort steht es. Mercutio lässt er hier die Dinge wissen: Queen Mab, Hebamme aus der Feenwelt, so klein wie die Zier auf einem Siegelring, wie sie nachts den Menschen in die Leiber fährt, mit einer Kutsche, nicht größer als eine Haselnuss, beplankt mit Sonnenstaub und einem Verdeck aus eines Heuschrecks Flügeln. Ein Zaumzeug rein aus Spinnenfäden, Zügel aus des Mondlichts Strahl. Für jeden einen Traum im Wagen. Träume, die Menschen recht erleben lassen, wie man sein Leben eben lebt. Der Pfarrer stößt sich an den Trieben, lässt Frauen feuchte Küsse laben und Anwälte den Anwaltslohn. Queen Mab ist mehr als eine Hexenseele, rein mit Wassern voller Spiegel, lehrt selbst die Frauen das Gewicht schon wagen, auf dass sie später schwanger Früchte tragen.

„Queen Mab ist wohl eine Fee?"

„Wohl eher eine Hexe."

„Das eine schließt das andere nicht aus."
Raffaella nickte stumm.

„Oh, das war sehr schön. Ich danke dir. Nur die Zeit, sie geht so schnell, dass ich die Unruh langsam wachsen hör."

„Du hast recht. Signora Caletti ist bald zurück. Der Zeiger steht schon gleich auf drei."

Und so wich der Zauber des Verona im sechzehnten Jahrhundert wieder einem alltäglicheren Gefühl, als Raffaella den neuen Büchern streng ihre festen Plätze im zweiten Stock der *Biblioteca Foresiana* zuwies, mal unten, mal oben und stets mahnend, ja am Platz zu bleiben und keinen Unfug zu treiben, ganz so als spräche sie mit Schülern, die noch viel zu lernen hatten. Und Signora Caletti dankte es ihr mit der aktuellen Ausgabe des Bibliothekenmagazins, das sie, wie sie Raffaella mit einem breiten Lachen wissen ließ, ohnehin nur benutzt hätte, um ihre *biscotti* darauf zu drapieren, heute mit Kakao und Mandeln.

Es war kurz nach vier, als ihr Blick vom Treppenhaus aus auf die kleine, schwarze Holzbühne fiel, die den ganzen Sommer im Innenhof aufgebaut sein würde. Ein paar Mal hatten sie hier schon Stücke aufgeführt, meistens Shakespeare. Es waren ihre besten Abende in dieser Stadt.

„Theater ist wie Lieben", hatte sie Fini kurz vor ihrem ersten öffentlichen Auftritt ermutigt. „Manchmal klappt es, manchmal nicht. Aber es ist wichtig, dass wir mit offenem Herzen dabei bleiben!"

Sie erinnerte sich, wie aufgeregt sie damals war. Alle möglichen Zeilen rasten durch ihren Kopf, mischten sich mit Zittern und Übelkeit und waren doch zur Stelle, als es auf die Bühne ging.

Umso entspannter blickte sie jetzt vom zweiten Stock auf die schwarzen Bühnenbretter im Hof hinab, die ihr so viel kleiner vorkamen als damals.

Dann folgte sie den Stufen zurück ins Erdgeschoss, begleitet von dem Gedanken, dass Fini solche Sätze gesagt hatte, ohne vielleicht daran zu denken, dass die meisten seiner Schülerinnen Shakespeare weit vor der Liebe kennengelernt hatten. Zumindest weit vor dem Sex. Auch sie hatte sich stets zurückgehalten, wenn es um die Besetzung großer

Rollen ging. Zu edel fühlte sich der Schleier an, der alles Schlüpfrige verbarg. Und doch: In der Theatergruppe waren sie Bianca, Miranda und Ophelia, fühlten sich tapfer, erwachsen und begehrt. Niemand wollte diesen Schein durch Scham zerstören, der nur auf allzu dünnen Versen stand! Und während alles das geschah, blieb selbst den jungen Männern Raum zu Schubsen und zu Prusten, Unreife mit Ehren abzulegen, zu den Dolchen zu greifen und sich an der Metrik zu beweisen, auf dass sie Oberon, Francisco oder Prospero wurden.

Fini war wirklich ein phantastischer Regisseur! Sogar von den doppelten Böden hatte er ihnen erzählt. Shakespeare war blumig, sanft und derb zugleich. Er war ein Provokateur, wie ihn die Leute liebten, gerade frech genug, um auch in leisen Passagen Gehör zu finden.

Sie erinnerte sich noch gut, wie sie und die anderen Mädchen versucht hatten, die Jungen zu überreden, mit ihnen Romeo e Giulietta einzustudieren. Doch daran war kein Denken! Mord und Habgier waren die Stoffe, die sie spielen wollten, doch Wollust wollten sie nicht von der Bühne verkünden, nicht, wenn auch ihre Eltern in den Reihen saßen. Niemand wollte dann von Zwetschgen sprechen, wo man Vulva denken musste, und von Birnen, die die Form von Penissen beschrieben! Bäume hatten in Shakespeares Gärten ein Loch, und der Specht wusste um jede noch so feuchte Höhle. Nein, von solchen

Bäumen wollten sie nichts wissen! Traum und Bühne, das waren eben zwei verschiedene Welten! Es reichte nicht nur, Mann zu sein, wenn man öffentlich von solchen Dingen sprach. Dichter musste man sein und Shakespeare obendrein.

Und so ging sie nur Minuten später ganz beschwingt zur Tür hinaus, folgte den ausgetretenen Stufen bis zur Stadtverwaltung, querte die Piazza della Repubblica und verließ die Altstadt durch das Tor in Richtung Kai, wo die Fischer ihren eisgekühlten Tagesfang direkt vom Boot verkauften. Sie blieb einen Moment stehen und sah dem riesigen Kreuzfahrtschiff zu, das gerade von zwei Begleitbooten aus dem Hafen gelotst wurde. Vor ihr lag der Fährhafen von Portoferraio, hinter ihr die Altstadt, in der sie die letzten fünf Jahre zur Schule gegangen war, mit ihrer Festung und den dicken Mauern, die wie Geschichte waren. Unverrückbar.

6

Florentina war gerade im Garten, als Raffaella am Abend in die staubige Straße zum Haus ihres Großvaters einbog.

„Raffa, Liebes, komm her, hier drüben bin ich, du kannst mir gleich was helfen!"

Raffaella musste nicht lange suchen. Florentina war gleich neben dem Haus mit ein paar Eimern unter den Zitronenbäumen zu

Gange. Das weiche Licht zeichnete ihr einen warmen Ton ins Gesicht.

„Sei so lieb, heb mir doch ein paar Zitronen auf, die dort auf dem Boden liegen! Ich möchte frischen Limoncello machen und ein paar Zitronenkekse. Viele sind es nicht, aber es wird schon reichen. Und dann noch ein paar von hier oben, ja, siehst du? Die Leiter liegt hier drüben. Sieh dir nur an, wie gut die Bäume hier geworden sind!"

„Oh ja, sie sind wirklich stark geworden. Wo ist Bisnonno?"

„Er schläft. Der Schirokko macht ihm ganz schön zu schaffen. Es war höchste Zeit, dass ich gekommen bin, auch wenn ich euch doch sehr vermisse."

Das musste Florentina nicht zweimal sagen. Raffaella fiel ihr mit einer festen Umarmung in die Brust, so dass ihre Nonna sie endlich auf die Stirn küssen konnte.

„Mhh, du riechst gut."

„Noch besser als Zitronen?"

„Viel besser, Liebes", gab Florentina schmunzelnd zurück, während sie Raffaella mit zärtlich ausgestreckten Armen zurück in die Aufrechte schob, so als wollte sie ihr Haar noch einmal im Abendlicht sehen. Verführerisch spitzte es durch die saftig grünen Blätter der Zitronenbäume. „Wie geht es deinem Vater?"

„Oh, danke, es geht uns gut. Ich bin viel unterwegs, weißt du? Ich möchte von meinen letzten Ferien so viel wie möglich mit aufs

Festland nehmen. Wie wenig ich doch diese Insel kenne!"

„So geht es allen hier."
Raffaella war überrascht.

„Wie meinst du das?"

„Ja, wie soll man denn alles kennen, wenn man in seinem Alltag lebt? Niemand kennt alles in seiner Umgebung."

„Es sei denn, er lebt im Dschungel, und seine Welt misst nicht mehr als das, was er an einem Tag gehen kann."

„Ja, das stimmt. Aber zu Fuß geht hier schon lange niemand mehr."

„Doch, ich", gab Raffaella neckisch zurück. „Ich war heute in der Bibliothek und bin durch die halbe Stadt gegangen. Es war furchtbar. Kein einziger Parkplatz in der Altstadt!"

„Forschst du immer noch nach diesen Briefen?"

„Oh, ich kann noch so viel lernen! Ich hoffe, das Studium wird genauso spannend."

„Das freut mich, Liebes. Aber nun komm her und hilf mir erst einmal, die Eimer auf die Veranda zu tragen. Du kannst mir später noch davon erzählen, ja?"

Und schon waren beide am Werk, als würden sie von einer alten, weisen Göttin gelenkt. Jede Bewegung war eingebettet in die Natur, nichts war kantig, kein Griff ging ins Leere. Diese beiden Frauen berührten Natur und die Natur berührte sie. Und das alles wegen ein paar Zitronen. Leben konnte so einfach sein.

Dann trat Florentina ab, würde Shakespeare schreiben.

In der Tat war sie nur im Haus verschwunden, um nach ihrem Vater zu sehen, während Raffaella schon die ersten gewaschenen Zitronen über die große Reibe schob. Und als Florentina mit einer kühlen Flasche Weißwein zurück auf die Veranda trat, war sie bereits bis zum Hals mit frischem Saft bespritzt. Überall klebte der frische Zitronensaft. An den feinen Härchen ihrer braunen Oberarme und sogar an ihrer Stirn. Shakespeare hätte seine wahre Freude an dieser Szene gehabt! Gut, dass Florentina gleich ein frisches Geschirrtuch mit nach draußen gebracht hatte!

„Nicht zu viel, siehst du?"
Raffaella verstand nicht ganz.

„Na, du darfst nicht zu viel von der Schale abraspeln, sonst wird es zu bitter."
Raffaella nickte.
Dann wurde es still, und sie lauschten ein wenig den Vögeln, die sich schon zum Abendkonzert in den großen Pinien versammelt hatten, während die Reibe weiter zwischen ihnen schmatzte. Ab und zu stahl sich das Klack des Messers dazu, das nüchtern das weitere Ende einer Faulstelle markierte, und ein paar Mal hörte man ein *Ah* und ein *Eh*, immer dann, wenn es der Saft trotz aller Vorsicht doch ins Auge geschafft hatte. Es war ein friedliches Konzert, und als die beiden Eimer verarbeitet waren, ging Raffaella flugs

zum Brunnen, um sich den klebrigen Saft von den Armen zu waschen.

Der kühle Quell tat gut, und als sie fertig war, wanderte sie beschwingt zum Tisch zurück, trank genüsslich einen Schluck vom kühlen Wein und balancierte ganz entspannt die letzte, noch vom Messer verschonte Zitrone auf ihrer flachen Hand. Sie war für Papà, für seinen nächsten Schwertfisch, den er so liebte.

„Sieh mal, Nonna, kannst du dir vorstellen, dass die Menschen einmal geglaubt haben, die Erde sei das Zentrum ihres Universums?"

„Das kann ich gut. Erinnerst du dich an Andrea Mura, den Reifenhändler in Portoferraio?"

„Ja, was ist mit ihm?"

„Er ist aus Sardinien, nicht?"

„Ich glaube schon. Warum fragst du?"

„Ich denke, er war es, der mir erzählt hatte, dass vor gar nicht allzu langer Zeit ein Landvermesser in die abgelegenen Dörfer oben in den Bergen kam und die einfachen Leute damit überraschte, dass sie auf einer Insel lebten."

„Nicht dein Ernst, oder?"

„Doch."

„Du willst sagen, dass es noch im zwanzigsten Jahrhundert Menschen auf Sardinien gab, die nicht wussten, dass sie auf einer Insel lebten?"

„So muss es gewesen sein."

Raffaella betrachtete ungläubig die Zitrone, die noch immer wie eine Sonne auf ihrer Handfläche thronte. Satt, zufrieden und über jeden Zweifel erhaben.

„Das ist kaum zu glauben."

„Sardinien ist nicht Elba, Liebes. Es muss große Schluchten dort geben und ohne Auto ist das Meer wohl nicht zu erreichen. Ich denke es gibt viele Alte dort, die nicht einmal einen Führerschein haben." Florentina zeigte lächelnd mit dem Messer auf den Tisch. „Davon abgesehen: Die Arbeit war sicher hart genug. Wer hat da noch Zeit für einen Tagesausflug an den Strand?"

Raffaella stimmte ihr blinzelnd zu, während ihre Hand noch immer mit der Zitrone spielte, als übe sie für einen Zirkus.

Florentina zeigte jetzt direkt mit dem Messer auf die tanzende Zitrone.

„Was ist?"
Raffaella war ein wenig irritiert.

„Na ja. Zitronen wie diese mussten schon für vieles herhalten."

„Wie meinst du das?"
„Verhütung."
Raffaella verstand nicht ganz. Ihre locker tanzende Zirkusnummer, Frau mit Zitrone, nahm plötzlich eine ironische Note an.

„Nein, im Ernst. Zitronen wurden schon als Verhütungsmittel eingesetzt. Dem Saft sagte man besondere Kräfte nach."

„Und, hat es funktioniert?"
„Natürlich nicht. Wer glaubt schon so was?"

Florentina presste die letzte ihrer Zitronen mit aller Kraft in die runde Plastikschale, die für einen kurzen Augenblick die Aura einer gynäkologischen Nierenschüssel angenommen hatte.

Raffaella atmete tief durch. Dann schob sie das Thema in eine entspanntere Richtung.

„Hier oben lässt es sich jedenfalls aushalten. Und sicher vor Piraten ist es auch."

„Das stimmt. So hab ich das noch nie gesehen."

„Da siehst du mal, wie gut es uns geht! Wir haben Zitronen aus eigenem Anbau, guten Wein und ein paar Stunden, in denen niemand etwas von uns will!"

Raffaella hob ihr Glas und stimmte nickend zu, während ihre Nonna nun doch einen kurzen Blick ins Haus warf. Es war schon spät, und Bisnonno saß noch immer schlafend in seinem Stuhl.

„Kannst du dir eine Welt vorstellen, in der es keine Zukunft gibt?", wollte Raffaella wissen, nachdem Florentina mit ihrer Aufmerksamkeit wieder zurück auf der Veranda war.

„Wie meinst du das, Liebes?"

„Na ja, ich hab doch heute ein bisschen in der Bibliothek gestöbert und es gab eine Zeit, da hatten die Menschen keine Vorstellung von Zukunft. Das Leben war einfach das, was es war. Basta! Niemand machte sich Gedanken darüber, was wohl in ein paar Jahren sein könnte!"

„Schwer zu glauben, aber so wird es wohl gewesen sein. Machst *du* dir denn Gedanken, was in ein paar Jahren sein wird?"

„Aber klar. So ein Studium ist kein Spaziergang! Ich hab schon ein bisschen in der Studienordnung gelesen. Ganz schön ehrgeizig, der Studienplan! Und Prüfungen gibt es auch nicht wenig. Die muss ich erst einmal bestehen."

„Das schaffst du locker, Liebes. Und wer weiß, vielleicht kommt alles ganz anders."

„Was soll das denn heißen?"

„Na ja, vielleicht lernst du einen netten Jungen kennen in Florenz …"

„Pah, Nonna! Ich geh doch nicht deswegen …"

Florentina wedelte neckisch mit der geschälten Zitrone, deren Saft gerade auf dem Weg in die Plastikschüssel war. Manchmal hatte sie einfach Lust, ihre Enkelin aufzuziehen. Sie hatte so viele Seiten, so viel Temperament, das man ihr einfach ab und zu herauskitzeln musste.

„Aber es könnte sein."

„Klar kann es sein, aber …"

„Aber?"

„Ich weiß nicht, das ist alles so unberechenbar. Viel zu hypothetisch."

„So wie Zukunft eben ist."

„Außerdem hatten wir das Thema Beziehung in Florenz schon einmal in unserer Familie. Das reicht!"

„Ach, Liebes, du bist viel zu streng mit dir."

„Bin ich das?"

„Manchmal schon."
Die Vögel über ihnen kamen allmählich in Fahrt. Ein paar Schwalben trafen sich bereits zum Tanz.

„Sind denn die Briefe aus so einer Zeit?", interessierte sich Florentina mit einem Mal. Ihr Schalk war schon wieder verstrichen.

„Ich denke schon. Ich meine, es spricht vieles dafür. Ich glaube, sie sind aus dem sechzehnten Jahrhundert. Dieser Miguel hat dir vielleicht einen richtigen Schatz hinterlassen."

„Aus dem sechzehnten Jahrhundert, sagst du? Dafür sind sie noch gut in Schuss."

„Ja, sieht ganz so aus."

„Magst du mir was aus dieser Zeit erzählen?"
Raffaella nickte und ließ die tanzende Zitrone nun endgültig ruhen.

„Warte kurz, ich stell nur schon einmal den Ofen an. Bin gleich wieder da!"

Tatsächlich dauerte es eine Weile länger. Bisnonno war mittlerweile aufgewacht und wollte gleich nach oben ins Bett. Zukunft war auch hier ein sehr brüchiges Fragment geworden. Und als Florentina zurück war, erzählte Raffaella alles, was sie wusste, erzählte von den Kriegen, der Armut und den großen Uhren, spekulierte über die Kunst und ließ Montaigne über die Freiheit sprechen. Doch eines wusste Raffaella nicht.

„Weißt du, dass es auf Elba keine Inquisition gegeben hat?"

„Nonna! Woher weißt du so etwas!"

„Ich weiß es von Miguel."

„Hat er dir auch erzählt, warum?"

„So genau hab ich das nicht mehr in Erinnerung, aber es hat wohl mit der Herrschaft der Medici zu tun. Die Florentiner bauten nicht nur die Festung unten in Portoferraio, sondern gaben dem Volk auch einige Privilegien. Es gab wohl keine Steuern und eben den Schutz vor der Inquisition."

„Wann genau war das?"

„Das weiß ich leider nicht, Liebes. Aber offenbar war es den Herren ein Anliegen, die Bevölkerung dieser Insel nach all den Überfällen endlich wieder wachsen zu lassen."

„Oder die Erzvorkommen zu schützen."

„Mag sein. Aber so in etwa muss es gewesen sein."

„Dann stammen die ganzen romanischen Kirchen aus dieser Zeit?"

„Ja, das denke ich. Pisa und Florenz waren damals mächtige Herrschaftsgebiete."

„Wieso hab ich so etwas nicht in der Schule gelernt?"

Doch Florentina zuckte nur entspannt mit den Schultern, und als es doch später wurde, als sie gedacht hatte, beschloss Raffaella, einfach die Nacht hier oben im Haus zu verbringen. Sie wollte morgen unbedingt noch Bisnonno sehen, und wenn sie ihn gleich mit dem ersten Stück Zitronenkuchen wecken konnte, war das sicher ein guter Start in den Tag!

7

An diesem Abend lag Raffaella noch lange wach. Ihre Gedanken kreisten um all die Geschichten und Fragmente, die von Tag zu Tag mehr wurden. Und als sie nach Mitternacht immer noch keinen Schlaf gefunden hatte, ging sie barfuß in den Garten. Irgendwo im Auto lag noch das Literaturmagazin, das ihr Signora Caletti mit auf den Weg gegeben hatte. Erwartungslos griff sie durch das offene Wagenfenster nach dem Papier und schleppte es zurück ins Haus, wie einen Fasan, den sie heute doch nicht mehr ganz essen würde.

Eine ganze Zeit lag das Magazin einfach nur auf ihrem Bauch. Es war so kühl, dass sie sich darunter gar nicht mehr bewegen wollte. Geduldig saugte das Papier all die Hitze von ihrem Körper auf. Und im Gegenzug streichelte sie noch immer in Gedanken seine glatten Seiten, fuhr über seinen Schnitt und zwirbelte mit ihren Fingerspitzen an seinen Ecken, so als wolle sie es ganz nebenbei an seinen Ohren massieren.

„Ungewöhnlich für ein Literaturmagazin", dachte sie mit geschlossenen Augen. „Eigentlich viel zu glatt. Man könnte meinen, ich hätte die Vogue auf meinem Bauch. Alles an dir riecht nach Sonderausgabe. Wie edel du doch bist, und so respektvoll, selbst jetzt noch, wenn du so aufgefächert auf meinem nackten Bauchnabel ruhst. Kannst du mich atmen hören, ja?"

Dann wagte sie doch einen Blick auf den Titel, während sie gleichzeitig hoffte, dass die Mücken nicht ebenso viel Gefallen an ihr fanden, wenn sie jetzt das Licht andrehte. Zum Glück hatte Florentina beim Umzug ihre moderne Stehlampe mitgebracht! Vielleicht ließ sich der Angriff mit dem Dimmer ein wenig begrenzen. Doch das Titelblatt winkte nur mit dem Hinweis auf den aktuellen Monat ab. Keine Sonderausgabe! Wozu dann der ganze Aufwand? Wozu diese glatten, edlen Seiten, denen nur noch die subtilen Lockstoffe der Geruchsindustrie fehlten, um sie auch nachts noch wie ein Modemagazin erscheinen zu lassen? Ein Scherz der Redaktion? Nein, derartige Scherze konnten sich Herausgeber solcher Magazine nicht leisten! Nicht zu Ferienbeginn und nicht, wenn ein Großteil der Auflage kostenlos an kommunale Büchereien ging, wo sie nur als Unterlage für *biscotti* dienten. Ein Jubiläum? Auch nicht! Irgendetwas stimmte nicht mit diesem Papier und sie musste gar nicht lange im Inhaltsverzeichnis suchen, um sich zu den auffällig zahlreichen Artikeln über Shakespeare führen zu lassen. Also doch eine Sonderausgabe! Shakespeares Himmel, S. 14. Das war ein Angebot! Mehr konnte man zu dieser Stunde nicht erwarten!

Hastig wühlte sie sich an die richtige Stelle. Da war es! Wie ein Schwamm saugte sie all die Namen auf, die ihr dort gleich in der ersten Spalte entgegensprangen. Draußen am Himmel gab es also ein ganzes Universum an Shakespeare-Figuren, und der Autor des Artikels kannte sie alle: Bianca aus der widerspenstigen Zähmung, Cordelia, die nichts mehr als ihren Vater liebte, Cressida, den Eros-Amor Cupido, Caliban, Desdemona, Ferdinand, Francisco, die arme Juliet, die Mondfee Mab, Margaret, Miranda, das Elfenpaar Oberon und Titania, Ophelia, die verlorene Perdita, Prospero, den Trickster Puck, Rosalinde, Setebos, Stephano, die Hexe Sycorax und Trinculo. Sie alle waren als Monde des Uranos für immer am Himmel verewigt! Auch das hatten sie nicht in der Schule gelernt. Shakespeares Ruf war also noch größer, als sie dachte! Nein, weiter konnte er wirklich nicht reichen! Seelena hatte recht behalten! Shakespeare war ein Mann der Nacht, und man huldigte ihm, indem man ihm eine ganze Schar an Monden widmete.

Raffaella warf das dünne Laken beiseite. Selbst hier oben in den Bergen war es jetzt so schwül, dass es kaum auszuhalten war, und die Mücken taten ihr Übriges, ihr die Nacht zu verleiden, schamlos und ohne Rücksicht auf Verluste. Hatte ihr doch nicht gerade eine direkt in die Augenbraue gestochen! Selbst überlebensgroße Friedensfahnen wie ihr weißes Laken vermochten sie nicht zu besänftigen. Wie unbelehrbar diese Biester doch waren! Nein, gegen diese Form der Piraterie hätte wohl auch die Seemacht Pisas nichts auszurichten vermocht! Keine Festung dieser Erde war dicht genug!

Verärgert schlug sie mit dem Magazin nach den fliegenden Piraten, verhalten genug, um Florentina und Bisnonno nicht zu wecken. Was sich anfangs so kühl anfasste, brachte mit einem Mal einen ganzen Vulkan in ihr zum Brodeln. Und da sie ihr Blut diese Nacht für sich behalten wollte, flüchtete sie kurzentschlossen, nackt wie sie war, nach draußen in den Wagen. Sie krallte sich gerade noch ihr T-Shirt von der Lehne und war nur einen flotten Spurt später in Papàs Wagen.

Soweit sie sich erinnern konnte, saß sie zum ersten Mal nackt in einem Auto. Wie anders nachts doch alles roch! Wo versteckten sich all diese Gerüche tagsüber, wenn die Sonne so erbarmungslos auf das Blech herabbrannte? Gab es schüchterne Gerüche? Oder waren sie einfach nur klug genug, sich dem Diktat der Hitze zu entziehen? Hier roch es nach Leder und dort nach einem Gemisch aus Erde und Öl, und dann wieder mischte sich alles mit dem feinen Duft hunderter Oleanderblüten, die selbst nachts noch deutlich durch den Spalt im Fester die Adern ihrer fein durchbluteten Nasenflügel suchten.

Oleander. Raffaella prüfte sie jedes Jahr. In der Gärtnerei, auf öffentlichen Plätzen und selbst in den Hecken ihrer Nachbarn: Am sattesten und blumigsten rochen immer die rosafarbenen Blüten! Nicht die weißen und auch nicht die magentafarbenen. Im Durchschnitt hatten die zart gefärbten den kräftigsten Duft, und bisher hatte ihr niemand erklären können, warum. Papà wusste es nicht und Florentina auch nicht. Selbst Pietro, der viel von Pflanzen verstand, hatte keine Erklärung. Er lächelte nur jedes Mal und sagte, sie solle es herausfinden und endlich ein Buch darüber schreiben. Doch Raffaella war davon überzeugt, dass es jemanden auf dieser Erde gab, der davon wusste, wenn auch nicht auf dieser Insel. Ja, irgendjemand dort draußen wusste es! Sie war ihm nur noch nicht begegnet.

So verstrichen die Minuten, und es kam ihr vor, als säße sie zum ersten Mal bewusst in einem Auto. Das Lenkrad war so vieles näher, der Fußraum so unbegreiflich kurz! War das wirklich das Auto, mit dem sie gekommen war?

Die Briefe auf dem Beifahrersitz ließen keinen Zweifel.

Oh mein Teurer,
Wusstest Du, dass an Sonnwend sich die Seelen treffen? Sag, wie ist's mit dir bestellt? Kommst du und bringst mir meinen Lohn dann mit?

Welcher Lohn, mein teurer Mond, könnt' dich reichend schon belohnen? Sind dir die Wasser nicht genug? Rührst selbst in mir geheime

Quellen. Sag welchen Lohn könnt ich dafür noch geben?

Oh, ein kleines Bad mit mir im See, das wär schon mehr als ich verdien'! Doch, nein, ich weiß, so wird's nicht kommen. Und doch werd ich die Angst nicht los, ich könnt mich glatt in dir verlieren. Hörst du denn die Tiere nicht, wie sie nachts dort schamlos gromen? Sie kichern, keckern und verhöhnen uns, haben sicher ihre Freud. Wie schwer ist's doch, den Trieben am Ende zu entkommen. Doch vorerst wär mir schon geholfen mit einem neuen Schwung Papier. Bögen sorgsam aufbewahrt, mir heiliger als hier mein Busen, Tinte fließt wie Wasser fort und ist schon fast zur Neige.

Papier, mein Mond, kann ich dir geben, so viel du eben haben willst, doch acht nur drauf, dass keins der Siegel überquillt auf deinen Bauch. Gewänder sind doch so verlockend. Dann wäre unser Schicksal schon mehr als schwer beschrieben.

Keine Sorge, acht schon drauf, bin sorgsam wohl erzogen. Mein Busen wacht, an meinem Herz soll's ewig sicher wiegen. Und sollt ich sterben hier am See, wird's sicher weggetrieben. Farben schwarz wie Nacht und Kohle, suchen frei nach ihrem Weg, finden Wurzeln und die Krone zurück in Mutter Erdes Schoß.

Raffaella war entzückt. Wenn die Frau in den Briefen recht hatte, was war sie selbst in diesem Moment anderes als Mutter Erdes Schoß, nackt wie sie dort im Wagen saß mit den Briefen auf ihren Schenkeln! Nein, diese Briefe waren noch viel lebendiger, als sie gedacht hatte!

Erst jetzt fiel ihr auf, wie gut die Schrift doch war. Selbst im Mondlicht ließen sich die Lettern viel zu gut noch lesen. Und auch das Deutsch, ja, war es nicht viel zu leicht, so wie es über ihre Lippen ging? Sollte ein *i* nicht eigentlich ein *y* doch sein?

Zweifel schlich sich langsam ein, verräterisch und schon am Höhnen, mit dem Duft von hundert Pinien. Waren diese Briefe am Ende doch nur poetisches Spiel, Zungenübungen einsamer Stunden, Fragmente eines Dichters, so wie Miguel eines im Herzen Florentinas war? Wenn sie es konnte, konnten es andere auch! Wie leicht es doch war, sich in eine andere Zeit, eine andere Seele hineinzuerzählen, wenn man nur aufmerksam wollte! Muse brauchte man und Zeit. Und ein bisschen Übung aus dem Theater vielleicht.

Und das Alter? Ja, diese Briefe waren alt. Aber waren sie wirklich vierhundert Jahre alt? Konnten Briefe überhaupt so alt werden? Sie erinnerte sich, wie empfindlich die Bücher aus dem historischen Archiv waren. Am Ende waren sie doch nur Papier! Raffaella glitt dem Zweifel immer tiefer in die Arme, gerade so, als fiele sie durch den Sitzbezug in ihrem Rücken in eine weite Leere und nichts schien sie noch aufzufangen. Ihr Blick fiel auf die Hände, die in einem anderen Raum, in einer anderen Zeit nach dem Lenkrad griffen. Nein, so schön diese Briefe auch waren: Irgendetwas stimmte nicht mit ihnen! Diese Frau in den Briefen hätte niemals zugelassen, dass diese feinen Worte an jemand anderen gelangten! Nein, sie hatte es nicht nur versprochen! Raffaella glaubte ihr, sie glaubte ihr, wie sie vielleicht noch nie jemandem geglaubt hatte! Alles in diesen Briefen konnte sie nachempfinden. Waren sie denn nicht gemeinsam den Weg durch den Wald in die alte Stadt gegangen? Ja, konnte sie nicht die gierigen Augen der Frauen dort am Marktplatz sehen! Nein, das passte nicht zusammen! Aber wer hatte diese Briefe verraten? Was war geschehen? Irgendjemand musste die Briefe verraten haben! Jemand, der Zugang zu beiden Quellen hatte, sonst lägen beider Briefe nicht hier vor ihr!

Verdammt, man musste diesen Miguel finden, ihn auf die nächste Fähre packen und ihn hierherschaffen, so wie er es versprochen hatte! Nein, diese Frau am See hatte ihr Versprechen sicher nicht gebrochen! Aber er, er hatte es! Dieser Schweizer, der so viel von Florenz, Pisa und der Inquisition wusste und doch so wenig von dem, was Frauen unter einem Versprechen verstehen! Hatte er die Briefe abgeschrieben? Wenn ja, dann wusste auch er eine Quelle! Der Vulkan in Raffaella näherte sich seinem Ausbruch. Es war noch immer drückend schwül!

Wenn wir mit Teleskopen Uranosmonde finden können, dann musste Google auf dieser Erde doch auch ein paar alte Zeilen finden!

„Die Erde ist eine Google!" attestierte sie spöttisch.

Verdammt, es war höchste Zeit, dass sie ihren Laptop wieder hatte! Es war so unglaublich schwer zu arbeiten, ohne sich im Netz zu bewegen! Alles musste man von selbst vernetzen. Überall um sie herum lagen Fäden vergangener Zeit und jeder schien hier in diesem Auto zu enden! Sie fühlte sich mit einem Mal gefangen, ertappt, ins Netz gegangen. Sie musste raus, raus hier aus diesem Wagen und wieder atmen, selbst wenn es sie ein paar Stiche kosten sollte! Sollten sich die Biester nur an ihr betrinken! Sie brauchte Luft, Äther, einen frischen Wind, um atmen zu können!

Es war weit nach Mitternacht als sie noch immer barfuß nur mit ihrem T-Shirt bekleidet durch die Pinienwälder in den Bergen stapfte, ziellos wie ein wilder Hund, die Arme fest verklemmt vor ihrem Busen. Selbst die Stiche der unzähligen Piniennadeln in ihren Füßen machten ihr nichts aus. Nachts war die Zukunft hier genauso unvorhersehbar, wie sie in Seelenas Welt gewesen sein musste. Schon im nächsten Moment konnte sie sich an einer Wurzel stoßen oder auf einen

Zedernzapfen steigen und sie konnte nichts dagegen tun.

„So Gott will", wiederholte sie Seelenas Formel und wanderte weiter über die wippende Erde, stieß sich hier und dort, mal an Wurzeln, mal an Zweigen, durchbrach Spinnennester und war doch selbst eine geworden, als sie eine Stunde später allerhand klebrige Blätter von Eukalyptusbäumen in ihrem Haar mit zurück auf die Veranda brachte. Dann war sie endlich müde genug, müder als aller Ekel und Zweifel, und fiel, nur bedeckt von einem Badetuch, im Korbstuhl der Veranda in einen tiefen Schlaf.

8

In dieser Nacht hatte Raffaella ihren zweiten Traum. Ihr war, als schwimme sie geräuschlos durch einen türkisen Tunnel immer weiter in ein helles Licht. Anfangs versuchte sie noch sich an den nebligen Wänden des Tunnels festzuhalten. Mit leicht zitternder Stimme hörte sie sich „Nein, danke" sagen. Es waren dieselben Sätze, die sie ihren Schulkameraden gesagt hatte, als sie sich neuen Stoff vom Festland besorgt hatten, um der Abschlussparty am Strand „ein bisschen mehr Schwung zu geben", wie sie es nannten. Stoff, der irgendwo drüben aus den schmutzigen Ecken von Piombino kam, aus einer Seitengasse nicht weit vom Hafen. Stoff, der den

Rum der alten Seefahrer ersetzte, nur ohne Syphilis im Abgang.

„Nein, danke", wiederholte sie, während sie noch immer glaubte, den Flug durch den Tunnel durch ihr Denken steuern zu können. Doch dieser Ort hatte eigene Gesetze und Raffaella musste sich ihm ergeben, taumelte von Türkis in mehr gelbes Licht, drehte sich durch Quadrate und Kreise, bis es mit einem Mal ganz still um sie herum wurde. Einzig und allein ein Geschmack von Pfirsich war geblieben, als wäre sie in einen riesigen Blütenkelch getaucht.

Langsam schob sie die Luft mit der Zunge zwischen ihren Zähnen hin und her. Sie wollte niemanden wecken. Nein, es war, als wäre sie direkt in einem Bauch gelandet!

„Seelena?"

„⁻"

„Seelena, bist du da?"

Die Antwort blieb aus. Dieser Ort war so leer, dass selbst der Geschmack von Pfirsichen zu laut war. Am liebsten hätte sie ihn ausgespuckt, aber sie wusste nicht wohin! Sie griff ins Leere. Ihre Hände bewegten sich durch Wände aus Farben und Luft. Dann hörte sie endlich etwas!

„Seelena, bist du es?"

Nein, Seelena war es nicht. Doch etwas anderes war nun ganz nah bei ihr! Es war mehr ein Tönen, wie das Singen eines Wals, das durch den Bauch aus Licht und Wärme fuhr. Ein Ton, der gleichzeitig hier und Kilometer weit entfernt war.

„Wo bin ich hier?"
Noch immer keine Antwort. Nun wurde ihr übel. Sie hätte nach dem Wein keine Pfirsiche mehr essen sollen! Gott sei Dank, zumindest denken konnte sie noch! Das beruhigte sie. Ein wenig zumindest. Oder hatte sie gar kein Obst gegessen? Sie war sich plötzlich nicht mehr sicher. Hier konnte man nichts wissen, nur erfahren, und jede Erfahrung hatte einen eigenen Ton und eine dazugehörige Farbe. Die Übelkeit klang etwas grell und war gelborange. Ihr Rufen nach Seelena war lila und hatte einen klaren, hellen Ton, der am ehesten an eine Violine erinnerte. Ihn mochte sie am liebsten. Er erinnerte sie an die Oper. Mozart vielleicht. Und dann war da noch dieses Wollen! Es hatte gleich mehrere Töne zu einem Bündel aus sirenenartigen Tönen und kurzen, abgestoppten Knarzgeräuschen zusammengeschnürt, die zwischen Weinrot und Schlammfarben oszillierten. Nein, dieser Ort war kein normaler Traumort! Dieser Bauch gehörte einem Wesen, einem, das nicht in Höhlen schlief!

Raffaella versuchte nicht zu denken und nicht zu wollen, damit es wenigstens bei einem Ton und einer Farbe blieb, und nach einer Weile gelang es ihr sogar, das Chaos aus Gerüchen, Farben und Tönen ein wenig zu kontrollieren. Dann tauchte sie langsam wieder auf, spürte, wie sie in ihrem Stuhl saß. Doch sie war nicht wach, konnte sich nicht bewegen, und die Augen waren schwer, viel zu schwer, um sie zu öffnen. Sie war noch immer in einer Zwischenwelt. Nur fühlen konnte sie und sie spürte, wie die Beine träge über die Lehne des Korbstuhls hingen, spürte das schneidende Jucken trockener Weidenstränge, das sich von Minute zu Minute weiter in ihre feuchten Kniekehlen grub. Es schmerzte. Es schmerzte so sehr, dass sie am liebsten geschrien hätte! Doch sie hatte Angst vor der Übelkeit. Und als die Tortur aus Schneiden, Brennen und Jucken fast nicht mehr auszuhalten war, hörte sie plötzlich ein friedliches Schnauben in ihr. Sie hörte es in ihr, obwohl es überall um sie herum war! Am deutlichsten unter ihr! Und noch bevor sie überlegen konnte, was es war, spürte sie die feuchte Nase eines friedlichen Wesens in ihren gemarterten Kehlen. Spürte, wie es sanft stupste, rieb und kühlte und die Stellen fürsorglich mit Feuchtigkeit benetzte – wie eine Mutter, die ihr Kind wusch. Sie spürte Wasser, mal salzig, mal süß, und es dauerte nicht lange, bis all der Schmerz vergessen war und der Delfin sie mit auf eine Reise nahm. Was anderes konnte es sein?

Gemeinsam durchschwammen sie das Grün der Nacht, und sie genoss es, auf diesem feuchten Rücken zu reiten, die Knie ganz eng an seine kühle, starke Haut gepresst. Es war, als säße sie auf einem Schlauchboot, nur sicherer, und die wassergleiche Kühle unter ihr war ein Segen. Jadegleich schimmerte die Haut des Tieres im kühlen Meer und von seinem Körper ging ein weißes Leuchten aus. Alles um sie herum brachte es zum Strahlen und die Wellen trugen es ehrfürchtig fort. Ihre Spur im Wasser war ein Band aus Licht, das selbst die Sterne blass erscheinen ließ, träge, wie sie dort oben ihre immer gleichen Bahnen zogen.

Raffaella hätte noch Stunden dort verbracht, hätte sie nicht ein aufdringliches Vibrieren zurück in ihren Körper auf die Veranda gerufen. Plötzlich roch es wieder nach Oleander und Zitronen. Das Vibrieren an ihrem Schenkel setzte ein zweites Mal an. Verschlafen griff sie nach dem Handy, das irgendwo zwischen ihr und dem Sitzpolster lag und sich gleich mit zwei Kurznachrichten in Erinnerung brachte, so als wollte es sich vor dem Erdrücktwerden wehren.

„3:02 Ciao bella, dein Laptop ist fertig."

„3:03 Wollen wir uns morgen auf einen Macchiato an der Piazza treffen? Sag wann. Ich hab Zeit. A presto. Carlo."

Ausgerechnet jetzt musste Carlo sich melden! So etwas Dummes! Hätte er nicht bis morgen früh warten können! Was arbeitete er auch bis in die Nacht, wo andere ...

Ja, was überhaupt? Sie konnte ihr Gefühl noch immer nicht in Worte fassen, während ein anderer Teil in ihr bereits Angst hatte, den feinen Geschmack des Zaubers, den sie gerade erlebt hatte, zu verlieren. Nein, Carlo würde auf seine Antwort bis morgen – das heißt bis *heute* – warten müssen!

Dann rückte sie zwei weitere Stühle zurecht, sodass eine schützende Insel aus Korbstühlen entstand, so wie sie im Sommer in den Buchten die Yachten aneinander tauten, stellte ihr Handy lautlos und streckte genüsslich die Beine aus.

Als sie erwachte, war es bereits hell. Sie griff nach ihrem Handy. 4:35.

Hatte sie wirklich von einem Delfin geträumt? Vorsichtig richtete sie ihren Rücken zurecht. Sie musste jeden Wirbel einzeln bitten, mit ihr aufzustehen. Korbstühle waren eben keine Boxspringbetten!

Und noch bevor sie ihre Beine wieder an den Körper gezogen hatte, um sich noch ein bisschen aufrechter mit den Kissen in den Stuhl zu richten, musste sie an längst vergangene Schultage denken, damals, als sie mit einem großen Boot hinausgefahren waren, sich wie Prinzessinnen und Piraten fühlten, während Signora Lorella erstaunliches über Delfine zu erzählen wusste. Aufmerksam folgten sie der Stimme ihrer Lehrerin, die ihre Worte so geschickt zwischen die ans Boot schwappenden Wellen setzte, dass man glauben mochte, sie habe das schon hunderte Male gemacht. Doch jeder wusste: Die Delfinfahrt gab es nur einmal im Leben, immer dann, wenn die Grundschule zu Ende ging. Sie war der Punkt, der das Ende der Zeit markierte, in der das Wünschen noch geholfen hatte.

Raffaella erinnerte sich noch genau. Alfonso und Stefano waren die ersten, die mit aufgeregt rudernden Armen an die Reling rannten und *„delfino!"* schrien.

„Lorella, *ecco! Ecco!*"

In ihrer Begeisterung hatten sie gleich das *Sie* vergessen und Signora Lorella war es nicht einmal aufgefallen, aufgeregt, wie sie selbst in diesem Moment war. Sie wusste: Eine Delfinfahrt hatte keine Garantie und oft genug musste sie die vom Suchen glänzend gewordenen Augen mit Geschichten trösten, erzählen, dass die Delfine vielleicht gerade direkt unter dem Boot schwammen, und den Kapitän bitten, den Motor auszuschalten. Raffaella stellte sich vor, wie die Kinder dann neugierig mit ihren Ohren auf dem weißen Schiffsboden kauerten, um zu hören, ob sich darunter tatsächlich Delfine befanden! Doch ihre Klasse brauchte das nicht! Bei ihnen war es anders gewesen. Sie hatten Delfine gesehen! Das heißt: Alessandro, Stefano und die anderen hatten Delfine gesehen. Sie war die letzte, die sich hinter dem zappelnden Pulk aufgeweckter Schüler auf ihre Zehenspitzen presste. Sie hatte keine Delfine gesehen. Auch wenn sie nicht die einzige gewesen war – Filippo, Matteo und Maria hatten auch keine gesehen –, war dieses Wissen am Ende nicht Trost genug!

Doch jetzt, hier in aller Frühe, in der die ersten Sonnenstrahlen durch die feinen Zweige der großen Kiefern griffen, gab es Trost. Sie musste nur an Bisnonnos Lächeln denken, wenn sie ihn später mit einem Café und einem Stück frischen Zitronenkuchen wecken ging.

9

Als sie später am Vormittag wieder zuhause war, konnte sie gar nicht glauben, dass erst zwei Tage vergangen waren, als ihr das fein geschnürte Paket sprechender Briefe in die Hände gefallen war, dieselben Hände, die jetzt, so ungeduldig, durch das klebrig-strähnige Haar fuhren. Es war höchste Zeit, das Nest aus Harz und Piniennadeln aus den Haaren zu waschen! Der Nachtspaziergang hatte irgendeinen undefinierbaren Ekel an ihr zurückgelassen und sie wollte gar nicht erst wissen, was es war. Nur raus sollte er! Und dafür massierte sie jetzt in der Dusche eine kräftige Mischung aus Bambus und Blutorange in ihr langes Haar! Diese Mischung war ein Ritual. Bambus und Blutorange, kombiniert mit einer langen, heißen Dusche. Ein Ritual, das sogar noch älter war als das Bilderyoga, aber eben auch aus der Zeit damals. Dieses *damals*, das gerade mal ein Jahr her war und den leeren Raum füllte, als Mamma das Haus verlassen hatte und keiner wusste, ob sie jemals wieder kommen würde. Plötzlich war das Bad abends frei, der Platz, um den sie Jahre gerungen hatten, wenn sie alle gemeinsam weg wollten: „Raffa, zehn Minuten, okay? Ich möchte auch noch ein bisschen was vom Wasser haben, ja?", hörte sie die Stimme ihrer Mutter sagen.

In diesem Moment fiel ihr auf, dass Mamma nie *Liebes* zu ihr gesagt hatte. Florentina tat es, ja, und Papà auch, manchmal!

Doch dieses Liebes vermisste sie jetzt in ihrer Erinnerung. Wie gerne hätte sie es jetzt in diesem Satz gehört, doch es war nicht da und sie bemühte sich, dieses Fehlen einfach mit einer Portion aus der duftenden Wunderflasche abzuwaschen, so als könnte sie mit diesem Shampoo ihren Kopf auch innen reinigen.

Ja, das Bad war klein und die Solaranlage, die sie in den Sommermonaten für ihr warmes Wasser nutzten, ebenso! Viel zu klein für vier. Jedenfalls, wenn drei Frauen im Haus wohnten und zwei davon mehr als schulterlanges Haar hatten.

Genüsslich massierte sie den blumigen Schaum in ihre Kopfhaut ein. Selbst der Supermarkt in Porto Azzurro hatte solch exotische Shampoos mit Biosiegel im Programm und es konnte richtig Freude machen, den verschiedenen Gerüchen aus aller Welt nachzuspionieren. Maulbeere-Apfel, Guave-Ingwer, Pinker Jasmin, Lemon-Lotus, Rose-Mandel. Bezahlbarer Luxus, der sich ebenso nach Dschungel wie nach Paris anfühlte, je nachdem, wohin man wollte. Und trotzdem hatte er Mamma nicht gereicht.

Nein, für Raffaella war es kein Luxus gewesen, diese Shampoos zu kaufen! Ihr ging es damals nicht darum, gut zu riechen. Es war vielmehr überlebenswichtig, *rein* zu sein!

Jetzt, in diesem Augenblick, als sie sich wieder daran erinnerte, schämte sie sich für ihre Rituale. Sie wusste heute ebenso gut wie damals, dass es nicht normal war, dreimal am Tag eine dreiviertel Stunde das Bad zu blockieren, nur um sich eine halbe Flasche Shampoo in die Haare zu schmieren. Aber sie konnte damals nicht anders! Es hätte auch niemand verstanden, zumal der Spuk nur zwei Wochen, nachdem Mamma wieder zuhause war, vorbei war, ganz ohne *terapia*.

Sie erinnerte sich noch an den Augenblick, als Mamma von ihrer Weltreise zurückkam. Zuerst das Taxi im Hof und dann der silberne Alukoffer, der sich wie ein seltener Fisch durch die Tür schob. Es roch nach Rosen, aber nicht nur. Dazu eine enge, weiße Hose und eine viel zu bunte Bluse. Kleider, die sie an ihr noch nie gesehen hatte. Das Wort *Liebes* war nicht dabei. Vielleicht hätte es geholfen.

Heute, jetzt, in der Gegenwart, am zwölften Juli zweitausendsechzehn, um kurz nach elf, brauchte sie dieses Ritual ein allerletztes Mal und es war gut, dass Papà nicht zuhause war. Das Thema „Lange Duschen" trug noch immer diese säuerliche Mischung aus Angst und eingesperrter Wut, die alle in diesem Haus an damals erinnerte. Es waren die einzigen Male, weswegen sie sich mit Papà die letzten Jahre gestritten hatte. So als hätte es diese Rituale gebraucht, um all die Ratlosigkeit in diesem Haus zum Auszug zu zwingen und ihr den Weg über die Kanalisation zurück ins Meer zu zeigen!

Für Papà waren lange, heiße Duschen eben keine heiligen Rituale, sondern Wasserverschwendung, selbst jetzt noch, als sie doch wieder nur zu dritt waren, nachdem Florentina zurück in ihr Elternhaus gezogen war, wenn auch nicht freiwillig.

Raffaella stieg mit einem Fuß aus der Dusche und öffnete die Tür zum Gang. Nein, Papà war nicht wiedergekommen, und der Lastwagen, der seit drei Tagen mit bester Erde für den botanischen Garten der Einsiedelei von Santa Caterina beladen war, auch nicht. Und so schäumte sie ganz entspannt die heimliche Mischung aus Bambus und Blutorange in ihr Haar. Es tat gut, jede noch so feine Klebrigkeit mit den Spitzen zu packen und sie zu bitten, sich doch einen anderen Platz in diesem Universum zu suchen. Das war ihre Taktik: Entschlossenheit und die Vorstellung, dass alles, was sie von sich wusch, irgendwo anders einen würdigeren, besseren Platz fand. Einen Platz, an dem es gebraucht wurde oder zumindest sicher verwahrt blieb, bis die Schöpfung eine neue Aufgabe für es gefunden hatte. In ihrer Vorstellung war die Schöpfung nämlich unermüdlich auf der Suche nach neuem Material, sei es nun ein klebriger Rest Pinienharz oder eine Erinnerung. Sie konnte mit allem etwas anfangen, auch mit dem Blut, das auf einmal überraschend und hellrot aus einer feinen Wunde ihrer rechten Wade kam, die sie noch gar nicht bemerkt hatte. Dieses Universum, das für alles einen Platz hatte, war ihre Religion und sie half erstaunlich gut.

Als sie ihre Haare nach der heißen Dusche mit beiden Händen in das Handtuch drehte, sah sie eine lächelnde, sich besser fühlende Raffaella im Spiegel. Eine, die sich nicht mehr schämte. Und als sie ihren Kopf neigte, um die letzten Strähnen mit ins Tuch zu wickeln, sah sie im Dunst des Badezimmers die Silhouette einer Mauer auferstehen. Die Steine waren grau, aus großen Quadern und die Wände hoch. Diese Mauer hätte niemals in ihr Haus gepasst! Doch noch bevor sie alles richtig sehen konnte, waren Dampf und Mauer wieder verschwunden. Das offene Fenster hatte sie ihr einfach weggezogen!

10

Carlo hatte einen guten Job gemacht. Der Laptop lief wieder und schneller war er auch, nur das WLAN in ihrem Haus war noch genauso langsam, aber dafür konnte er nun wirklich nichts! Sie war froh, sich endlich wieder im Netz bewegen zu können! Sie musste an Seelena denken. Surfen, Frames und Tags, Browser, Accounts und Blogs, diese Worte waren fremdes Land für sie. Doch Raffaella hatte bereits gefunden, was sie suchte. Ein gut gepflegtes Archiv war etwas anderes, aber: Da war es, rechts oben, gleich in der ersten Bilderreihe! Dieses Haus ohne Dach, das früher einmal eine Kirche war. Früher, das hieß zwischen dem zwölften und dem sechzehnten Jahrhundert, bis es die Turkvölker niederbrannten. Die Ruine von San Lorenzo bei Marciana.

Spätestens seit Mamma ausgezogen war, wusste Raffaella, dass es Orte gab, die einem fremd und gleichzeitig vertraut sein konnten. Dieser Ort vor ihr auf dem Bildschirm hatte etwas von diesem Gefühl, schweigend und doch wissend, wie er dort stand.

Soweit sie sich erinnern konnte, hatten sie bei Signora Bretoni im Unterricht einmal von diesem Ort gesprochen, als es um die Baukunst der Romanik ging. Doch sie war nie dort gewesen. Es war eine Ruine. Eine Kirche ohne Dach. Mehr nicht. Es gab keinen Markt und keinen Rummel, keine Quelle und nicht einmal ausreichend Parkplätze. Ein vergessener Ort am Rande der Straße nach Marciana. Doch etwas in ihr wusste, dass sie dorthin musste, um noch mehr von den Briefen zu erfahren. Es waren nur noch wenige übrig.

Und so zirkelte sie nur wenig später Papàs roten Kombi rückwärts vom Hof hinaus, bedacht an Francones Postkasten vorbei. Es gab Gegenstände, die sahen harmlos aus und konnten einem doch Respekt einflößen. Francones Postkasten war so ein Gegenstand, blau und schräg, wie er da stand, immer darauf wartend, dass ihn der nächste Sturm nun endgültig zu Boden rang. Tatsächlich war sie ihm nur zweimal in all den Jahren wirklich bewusst begegnet, obwohl er der Postkasten ihres Nachbars war.

Beim ersten Mal war sie allein zum Hof hinausgefahren. Nervös genug. Sie hatte gerade mal ein paar Stunden ihren Führerschein und schon ihre erste Vollbremsung auf Kies, weil ein englisches Touristenpaar genau in diesem Moment Gefallen an eben jenem Postkasten fand, ausgeblichen und gelangweilt, wie er dort stand, in dem hellen Blau, mit dem sie jedes Jahr aufs Neue die Fähren strichen. Ein Blau von dem Francone, der noch immer in der Werft in Portoferraio diente, mehr als genug zuhause hatte. Es war kein Geheimnis: Wenn es etwas ums Haus zu streichen gab, einen Fensterladen oder den Rumpf der alten Betonmischmaschine, die seit dem ruhenden Ausbau der Dachterrasse noch immer an Ort und Stelle stand, immer fiel die Wahl auf dasselbe helle Blau, in dem man ebenso viel Freundlichkeit wie Warnung sehen konnte.

An jenem Tag war ihr Francones Postkasten zum ersten Mal bewusst aufgefallen. Sie hatte ihn nie zuvor gebraucht. Was man Francone sagen wollte, konnte man auch so. Doch nun war er verewigt, im digitalen Reisealbum zweier Engländer, die ebenso gut Holländer hätten sein können, bewaffnet mit ihren Trekkingstöcken, die sich fast in Raffaellas Heckklappe gebohrt hätten, so spät hatte sie die beiden gesehen.

Das zweite Mal, als sie Francones Postkasten begegnet war, hatte sie ihm ihren rechten Außenspiegel geopfert. Ein paar Zentimeter Schieflage im nächtlichen Sturm hatten gereicht, um ihren Außenspiegel in die Knie zu zwingen, ein dumpfes Tock an einer Stelle, an der sonst genügend Raum für zwei gewesen war. Kein lautstarker Bruch, kein wütender Schlag, nur ein dumpfes, seelenruhiges Tock. Das Schicksalsrad ihres Spiegels war einfach ein Stück weiter in Richtung Vergänglichkeit eingerastet.

Sie erinnerte sich noch an den Sturm, der in jener Nacht gewütet hatte. Ein Tosen, in dem wohl niemand an den hellblau vor sich hin rostenden Briefkasten unten an der Straße gedacht hatte. Schon gar nicht sie, da sie kurz davor war, zur Frau zu werden. Es waren nur ein paar Zentimeter, die der Wind dem Kasten zur selben Zeit abverlangt haben musste, als sie atmend in Lorenzos Armen lag. Anders atmend, als sie es von sich kannte, und als sie am nächsten Morgen die Spiegelreste aus der noch feuchten Straße pflückte, konnte sie das Ringen um Atem noch immer hören.

„Vielleicht doch ein verhexter Säulentempel", dachte Raffaella nun, als sie in aller Vorsicht wie in Zeitlupe an ihm vorbeirangierte und sich wunderte, wie viele Dinge es doch gab, die ihr Unbewusstes fast für immer verschlungen hatte. Und ihr wurde plötzlich klar: Seelena und ihr Liebster hatten nur das Nötigste in Tinte gegossen. Das Eigentliche wohnte zwischen den Zeilen, dort in den schilffarbenen Feldern, die die Tinte so achtsam umschiffte. Die Tinte war nur die Wegmarkierung, und Raffaella spürte, sie musste außerhalb dieser Grenzen lesen, wollte sie die ganze Geschichte hören. Und dafür war die alte Ruine im Westen der Insel genau der richtige Ort!

11

Raffaella hatte recht behalten. Die Tinte *war* nur der äußerste Saum der Wirklichkeit. So wie die kühlen Mauern der alten Ruine von San Lorenzo. Sie liebte diese Raffaella, die Spontane, die, die den Zeichen folgte und nicht alles bis ins Detail planen musste. Hier, in der alten Ruine von San Lorenzo war dieser Teil ganz in seinem Element. Hier fühlte sie Gegenwart und Lauschen und Stille.

Andächtig schritt sie über den mit Farn und Johanniskraut überwachsenen Boden. Es war schön, in einem Raum unter offenem Himmel zu sein. Hier fehlte kein Dach, und Raffaella hatte nichts zu verbergen. Gott durfte ruhig sehen, was sie hier trieb. Die Zeichen der Liebe hatten sie hierhergeführt. Das war alles. Ja, waren diese Mauern denn Zeugnis einer anderen Wahrheit? Sie hoffte nicht.

Und so ließ sie sich beseelt von dem Gedanken, in Frieden gekommen zu sein, im Schatten der noch halb stehenden Kuppel nieder. Hier musste früher der Altar gestanden haben. Wenn sie damals alles richtig gemacht hatten, dann saß sie jetzt mit dem Rücken im Osten. Ihr gefiel die sanfte Aufmerksamkeit dieser Mauern und je länger sie sich den langen, offenen Raum besah, umso mehr nahm er die Gestalt der Kirche am Rande der Stadt in den Briefen an. Nichts an diesem Ort war ausgestorben, weil die wachen Eidechsen die Wände noch immer lebendig hielten, den Dialog mit Stein und Sonne nie vergessen haben. Ein Ort, an dem nachts die Rehe schlafen, Hasen und Fasane. Es war ein Ort zum Hören.

Sag, liest du noch die Zeilen hier? Dies' Zeugnis schweren Herzens. Was will das Sein mir noch verwehr'n, so ernst fühl ich die Schmerzen! Hab Tage, da spielt es mir ganz kühl entspannt in meine Flanken. Doch and're, Rehlein, glaub es mir, lassen bitter mich hier wanken!

Freilich les ich dies Papier, ist mir noch immer teuer. Und doch fällt's mir allmählich schwer, dabei noch recht zu atmen. Wo ist der Mut, der Wind, der uns Flügel gab zu steuern. Komm einmal nachts nur an den See und lass ihn mich befeuern!

Ich hab noch nie so ruhig, so ganz geliebt. Ein warmer Strom, der sanft unter der Erde fließt, selbst im Winter noch die schönsten Blüten treibt, Weiden, Kirschen und Ophelien.

*Oh, mein Liebster,
Komm doch nur! Lass den Stolz und all die Zweifel in der Stadt. Hier im Wasser ist es warm. So viele Früchte warten hier! Allzu lang wird der Tag und dies Papier die Liebe nicht mehr stillen. Sieh nur, der Mond, er steht schon voll. Voller wird er nicht mehr werden.*

Stolz alleine ist es nicht, du kennst ihn nicht, den Zweifel. Ein großes Haus, ein Angesicht, so vieles, was mich bindet. So fern und nah ist mir der See wie Tageslicht und Venus. Am Morgen hier, am Abend dort, fühl mich gar wild getrieben. Lass mich doch weiter nur auf meine Art dich so viel weiter lieben!

Ich fürcht, so wird es lange halten, doch mein Herz wird schwer und alt. So lange kann ich doch nicht warten, weiß nicht, wie lang das Blut noch hält. Mein Mond ist hell und ruft nur dich in meinen heiligen Garten. Noch eine Nacht will ich es sein, die dich dort ruft am See, wandelnd hier im Mondenschein, zum letzten Mal ein Reh.

Raffaella blätterte aufgeregt in den Briefen. Aber die letzte Antwort blieb auch ihrem Schoß verwehrt. Nein, sie hatte ganz sicher nichts übersehen, jeden Brief schon mehrmals gelesen! Mag es das gewesen sein? Hat es diese Nacht gegeben? War die Tinte doch zu schwer?

Dröhnend quetschte sich das keuchende Schnauben eines Lastwagens durch die Mauern, verhöhnt von der unbändigen Kraft einer Geländemaschine, die an ihm vorüberzog, nur ein paar hundert Meter vom Altar entfernt.

Raffaella ärgerte sich. Sie spürte die Trägheit, die aus diesen Briefen sprach ebenso wie die Lust, einfach loszulaufen. Ja, am liebsten hätte sie einfach in diese alten Mauern hinein geschrien! Bersten wollte etwas in ihr und sie hatte die Hand schon an einem der losen Steine, bereit zum Wurf.

„Lass nur Liebes, es ist die Wut nicht wert."

Seelena war mit einem Mal bei ihr, sanft wie ein Engel. Zum ersten Mal hatte Raffaella ihre Hände gesehen, leuchtend wie sie dort auf ihren Schultern lagen.

„Wie konntest du …"

„Lass die Fragen nicht dein Herz verschließen. Sag, was spürst du jetzt?"

„Ich spüre Wut und unruhig wird's, hier in meinem Busen."

„Und?"

„Was meinst du?"

„Da ist noch etwas."

„Du hast recht, doch ich traue es mich nicht zu sagen."

„Ist es unrecht?"

„Ich denke schon. Verachtung ist es, die ich spür."

„Das hast du gut gefühlt."
„Ich wollt nur nicht, dass er ..."
„... es hört?"
„Ja. Es geht mich ja eigentlich nichts an. Die Briefe sind ..."
„Und doch lässt es dich unruhig sein. Wie kommt's?"
„Ich weiß nicht. Irgendetwas stimmt nicht. Es fühlt sich fremd an, hart und leer."
„Erzähl ruhig weiter."
Raffaellas Worte stockten. Wie viel einfacher wäre es jetzt, mit diesem Motorrad die steilen Serpentinen hinaufzujagen. Beides brauchte Mut, doch der hier war ganz anderer Natur.
„So geht es ihm", wedelte Seelenas Hauch dazwischen. „Er ist nicht feige. Nur gefangen."
„Er ist ein freier Adelsmann, wie kann er nur ..."
„So unfrei sein?"
„Ja. Ein Mann von seinem Stand ..."
„... trägt eben vieles."
„Wie meinst du das?"
„Ganz einfach. Wem gehört denn die Verachtung, die du spürst?"
„Ich dachte, sie gehört zu dir."
„Oh nein, da hast du falsch gedacht."
„Du verachtest ihn nicht?"
„Wofür?"
„Dafür, dass er nicht kann."
Sie spürte Seelenas Lächeln. Diesmal von etwas weiter oben.
„Wie sollte ich. Liebe hat mit Können nichts zu tun."

„Oh doch. Kunst kommt von Können. Und ist Liebe keine Kunst? Ovid schreibt davon."

„Möglich, Liebes. Ich liebe nicht in Begriffen."

Raffaella schämte sich für ihre voreilige Klugheit. Sie passte nicht hierher. Was wusste sie denn schon!

„Aber wem gehört sie dann, die Verachtung? Gehört sie ihm?"

„Dann wüsste er darum. Er ist ein kluger Mann und fein genug, das ist er auch."

„Dann trägt er es, ohne es zu wissen." Raffaella spürte Seelenas Nicken.

Eine seltsame Ruhe schlich in die alten Mauern ein. Frech huschten die Eidechsen direkt vor ihre Füße, nur um kurz darauf in eine Spalte zu fliehen, die sie nie gesehen hätte. Ein Geheimnis lag in der Luft. Sie spürte tiefer in die alten Mauern hinein. Ein leiser Wind hatte sich in der Ruine verfangen, suchte seinen Ausgang, und sie folgte ihm mit wachen Ohren, bis sie plötzlich eine bleierne Schwere überkam. Sie musste die Augen schließen. Das Licht blendete sie und ihr Magen begann zu krampfen. Sie wusste, Seelena war bei ihr, und so ließ sie es geschehen. Dann war sie mit einem Mal an einem anderen Ort.

Spielend sah sie sich an einem kleinen Fluss. Große, weiße Felsen waren dort um sie herum und es war kühl, aber nicht kalt. Ein paar Rinder weideten vor ihr satt auf einer grünen Wiese. Überhaupt war alles sehr viel grüner, als sie es kannte. Sie schlief nicht und sie war nicht wach. Es dauerte eine Weile, bis Spiel und Wasser ihren Schmerz zerrieben. Und als der Krampf allmählich mit den kühlen Wassern fortgezogen war, folgte sie dem Fluss in Richtung einer kleinen Stadt.

Aufgeregt wanderte sie zwischen den kleinen Häusern hin und her, weiß, wie sie da standen und geduldig all das Sonnenlicht in sich aufsaugten, als wären sie gekalkte Speicher. Wie von Zauberhand führten die Wasser, die noch immer in kleinen Kanälen neben ihr herflossen, ihren Schritt, und sie folgte ihnen bis zu einem hellen Haus, lief mit ihnen zur Tür hinein und ohne Zögern die steinernen Treppen hinauf in einen lichten, leeren Raum ohne Tür. Nur ein Tisch war darin und ein Mann. Dort saß er, der Mann, den sie in den Briefen gespürt hatte. Er trug einen langen Mantel, feine, viel zu lange, spitze Schuhe und einen Hut mit Feder, die von einem Adler hätte stammen können. Sie wusste sofort, dass er es war, genauso wie sie wusste, dass unten neben dem Tor des Hauses Schuhe eingemauert waren. Sie hatte sie nicht gesehen, aber etwas in ihr wusste darum, auch wenn sie keine Ahnung hatte, was das bedeuten sollte.

Hadernd sah sie ihn dort sitzen, den Adler, den Seelena kannte, ringend mit dem Zweifel. Erst jetzt bemerkte sie, dass der Fluss, der sie die Treppe hinauf in diesen Raum geführt hatte, allmählich in ein schwarzes Rinnsal mündete, das gegen jegliche Vernunft das

Stuhlbein hinauf dem Ruf der schreibenden
Feder folgte und sein Ende auf einem dieser
Bögen fand, die sie kannte. So als würde er
ihr gehorchen. Und Raffaella sah die fehlenden Zeilen vor ihren Augen.

*Wie weit können Wurzeln sich verbiegen, mich
zu halten, mich zu erden, mich in die Spur zu
wiegen? Sag, wie weit können Knochen wieder wachsen, um die Sehnsucht mir zu stillen?
Meine Lungen viel zu trocken, um neue Wege
frei zu gehen. Ein Kreis, der mich umspült, nur
die Wehmut steht nicht still. Sag Herr, wie
viele Schleifen werde ich noch dreh'n, wie
viele Täler noch durchwinden, bis sich endlich
Leben in mich spült? Flussendlich bin ich doch
ein Kreis, umspannt von dieser Fülle, die so
vieles um mich weiß. Ja, am Ende, ganz am
Anfang bin ich doch derselbe Kreis.*

Seelena perlte eine warme Träne über die
Wange, und Raffaella konnte das Salz auf ihren eigenen Lippen schmecken. Sie spürte
die Scham, die mit der Tinte durch die Feder
dieses Mannes floss, und seine Trauer, bis
auch ihr die Tränen in den Augen standen
und sie plötzlich anfing zu weinen, mitten
zwischen all den alten Mauern. Sie spürte wie
die schwarze Angst, all die Verachtung aus
ihr floss, spürte noch einmal ihren Magen
krampfen, die Enge in ihrer Kehle, die so entzündlich fordernd in ihren Schlagadern
pochte, als würde ihr Hals jeden Moment etwas gebären. So wie damals, als ihr die Kraft

zum Weinen fehlte und ihr die Wut im Hals stecken blieb, nachdem Mamma gegangen war. Ja, sie hatte sich hintergangen gefühlt, ausgebremst, abgeschrieben, alles das, nur nicht traurig. Doch jetzt floss all die Wut in kleinen, salzigen Bächen über ihren Schoß hinab, strich Papier und Tinte, wurde schwarz und trocknete schließlich auf dem hellen, heiligen Boden. Sie spürte, dass sie nicht alleine war, spürte die Trauer in diesem Mann, die Trauer in den alten Mauern und die Trauer in ihr. Wem auch immer die Verachtung gehörte, sie gehörte hierher. Wortlos ließ sie die Tränen in ihre letzte Ruhestätte ziehen.

Als sie wieder zu sich kam, spürte sie noch immer diese feine Liebe in ihrem Rücken. Doch etwas war anders. Seelenas Nähe fühlte sich mit einem Mal mütterlich an.

„Ich habe die weiße Stadt gesehen, nicht wahr?"

„Ja, Liebes, das hast du."

„Ist er dorthin geflohen?"

Seelena nickte.

„Du hast ihn nicht wiedergesehen, nicht wahr?"

Diesmal blieb Seelena ihr die Antwort schuldig und Raffaella ließ es geschehen.

Es tat gerade gut, einfach nur hier zu sitzen und sich leer zu fühlen. Es war verworren genug. Manche Gefühle waren wie die Winden, die sich auch in ihrer Gärtnerei um die teuersten Pflanzen wanden. Sie gingen nie von allein. Doch der Druck in ihrem Magen war weg. Das reichte, um den Kopf entspannt an die alte, dicke Mauer zu lehnen.

„Du sagtest, Bücher sind unbezahlbar in deiner Zeit ...", fing sie an sich wieder zu sortieren, während sie sich mit den Fingern die letzte Träne aus dem Gesicht wischte.

„Oh, das sind sie nicht. Nur hier unten bei uns im Dorf, wo das Handwerk wohnt. Wir leben in einer anderen Welt. Doch oben in der Stadt gibt es freilich Bücher."

Raffaellas Blick fiel durch das alte Eingangstor auf die Infotafel vor der Ruine.

„Dort, wo die hohen Herren wohnen."

„So ist es."

„Herren, wie er einer ist?"

Raffaella spürte ein sanftes Nicken.

„Weißt du, es wurden sogar Bücher dort oben in der Stadt geschrieben. Nur zum Drucken müssen sie weiter fort."

Raffaella nickte mit einem Lächeln. Bei ihnen war es auch nicht anders. Wer etwas Wichtiges drucken lassen wollte, schickte es immer noch mit einem Kurier aufs Festland hinüber."

„Es muss sehr demütigend sein, nicht schreiben und lesen zu können."

„Weißt du, Liebes, Demut kann man auf viele Weisen lernen. Ich hatte Glück. Meine Ziehmutter hat mich vieles gelehrt, nachts wenn alle schliefen. Aber ja, es kann sehr verletzend sein, zum Beispiel, wenn man Siegfried heißt."

Sie spürte, dass Seelena sie ein wenig aufheitern wollte. Sie hatte nur kurz geweint, aber ihr Gesicht war ganz verschwollen.

„Was ist verletzend daran, Siegfried zu heißen?"

„Nun, nicht jeder hier hat Geld für einen Notar, und wenn man weiter draußen auf dem Land wohnt, ist der höchste Amtsherr der Bürgermeister."

„Ich versteh nicht recht."

„Nun, der Bürgermeister hier ist nicht nur der Bauer mit dem größten Land, er ist gewissermaßen alles. Alles, was der Fürst erlaubt. Und es ist ganz normal, dass ein Vater nach der Geburt seines Sohnes in das Haus des Bürgermeisters geht, um Namen und Geburtsdatum eintragen zu lassen, damit es amtlich ist."

„Wie bei einem Notar."

„Genau. Der Bürgermeister ist kein Gelehrter, aber er kann schreiben und lesen. Und im Fall von Siegfrieds Vater war es so, dass der Bürgermeister eben gerade auf dem Feld zu Gange war. Es war heiß und schwül und die Magd, die allein am Hof mit den Kleinsten zurückgeblieben war, hatte verstanden, was Siegfrieds Vater wollte und notierte alles ganz sorgsam: S i g f r i t. Und so war Sigfrit der einzige bei uns im Dorf, dem gleich ein e und ein d fehlte."

Raffaella verzog ungläubig die Augenbrauen.

„Das ist jetzt ein Witz, oder?"
Seelena lachte laut.

„Nein, das ist es nicht. Weißt du, wenn die Rede einmal im Umlauf ist, ist sie nicht mehr zu zähmen."

„Da hast du recht, das ist heute nicht anders."

„Und als wäre das nicht Spott genug, musste Sigfrit sich von klein auf allerlei Gemeines anhören. Sigfrit!, riefen sie, Sigfrit, setz dich her zu uns! Erzähl uns, wie deine Mutter den Hunnen rumbekommen hat!"

„Sie haben ernsthaft geglaubt, Sigfrit ist nicht der Sohn seines Vaters, weil die Magd seinen Namen falsch geschrieben hat?"

„So ist es."

„Harte Geschichte."

„Und wohl wahr."

„Dann hab ich es ja gut erwischt."

„Hast du zweifellos, Liebes."

Ihr Kopf lehnte noch immer an den warmen Steinen und sie stellte sich vor, wie es wohl nachts hier war, wenn der Mond schien. Sie dachte an Rehe, die stolz und hungrig durch die Ruine spazierten, auf der Suche nach einem geschützten Schlafplatz und den besten Kräutern. Ihre Augen fanden wilden Salbei, Rosmarin und sogar Fenchel. Ein wahres Festmahl!

Sie musste an Florentina denken. Der Monte Capanne war nicht weit von hier. Wenn sie sich recht erinnerte, war sie damals mit ihrem Miguel dort oben gewesen. Vielleicht waren sie sogar hier vorbeigekommen. Wie auch immer. Sie würde ihr die Briefe heute Abend zurückgeben. Sie war weit genug gereist. Mehr würde sie von den Briefen wohl nicht erfahren. Und als sie eine Stunde später wieder im Wagen die Straße hinunter nach Marina di Campo saß, wehte der letzte ungeschriebene Satz über ihre Zunge. Sie wollte diesen Briefen endlich ein Ende setzen, was auch immer in der weißen Stadt geschehen war.

Und so bleibt ein Wassertropfen nur, der unschuldig aus deinem Haar über deinen weichen Rücken läuft, und ich habe ihn gesehen.

12

Es war bereits kurz vor sieben, als sie oben am Haus in den Bergen angekommen war. Sie wollte gerade die Sachen aus dem Kofferraum holen, die Florentina noch bei ihnen vergessen hatte, als ihr Blick auf die Rückseite eines der alten Briefe auf dem Beifahrersitz fiel. Eine unbekannte Zeile lachte sie hämisch von dort an. Es war tatsächlich dasselbe Papier, auf dem die Briefe geschrieben waren! Ja, es war einer der Briefe!
„Ich werd verrückt!"
Ungeduldig griff sie nach dem losen Packen und zerrte ihn wie einen unfolgsamen Hund aus dem Auto. Das kann doch nicht wahr sein! Die Rückseite von einem der Briefe war mit Schreibmaschine beschrieben! Courier. Die Schrift hatte sie sofort erkannt, sie war ja

in jedem Textprogramm! Unverkennbar sprachen die deutschen Zeilen sie an.

```
Möge Musik durch meine Adern rauschen
Das Meer in mir dem Adler lauschen
Dort, wo alles fließt
```

Verdammt, wo kamen diese Zeilen her! Wieso hatte sie diese Zeilen vorher nicht gesehen, gefühlt dreißigmal, wie sie die Briefe bestimmt schon in der Hand gehabt hatte?

Ungläubig hielt sie das Papier in die blendende Abendsonne, als könnte sie ihm damit Ehrfurcht einflößen. Die Schrift war nicht nur Courier, sondern tatsächlich mit einer Schreibmaschine geschrieben worden! Ihre Finger konnten es an den leichten Dellen fühlen, von denen das Papier noch immer wusste. Und noch etwas hatte es verraten. Das radierte A in der letzten Zeile! Jemand hatte das Wort *alles* verbessert. So wie es aussah, war es erst großgeschrieben und dann verbessert worden.

Aufgeregt griff sie nach den Briefen, die durch die Serpentinen lose über den Beifahrersitz verteilt waren. Jetzt war alle Ordnung endgültig verloren! Angespannt fegte sie durch die erinnerte Ordnung, klappte einzelne Briefe auf und zu, ließ sie wieder offen und packte am Ende alles mit einem entnervten Stöhnen auf das noch immer viel zu heiße Autodach.

Sie konnte sich gerade noch beherrschen, sie mit ihrem Kugelschreiber aus dem Handschuhfach durchzunummerieren. Die Ästhetik, die den Briefen noch zur ersten Stunde innewohnte, war nun endgültig vergangen. Jetzt ging es nur noch um Ordnung! Alles musste wieder an seinen Platz! Oh, wie unschuldig kühl sie doch nur wenige Tage zuvor in der Kommode gelegen hatten, all die Jahre. Doch diese Kühle, sie war vorüber, hatte sich mittlerweile zu einem Wüstensturm gesteigert, der jetzt ungestüm durch die alten Seiten wehte und drohte eine nach der anderen fortzutragen, wenn sie nicht schnell eine bessere Lösung fand. Und so packte sie harsch alles zusammen und schleppte das Bündel loser Briefe ins Haus.

Florentina hatte noch immer nicht verstanden, was ihre Enkelin eigentlich wollte, als sie wortlos zu ihr ins schattige Wohnzimmer geflohen kam und lautstark alles auf den Tisch knallte.

„Gleich, Nonna, gleich, ich muss hier schnell noch etwas ordnen! Da ist alles durcheinander!"

Florentina kannte ihre Enkelin gut genug, um jetzt nicht weiter nach dem Grund des *grande casino* zu fragen. So gereizt hatte sie Raffaella lange nicht mehr gesehen und so blieb ihr nur der Rückzug in die Küche, wo sie erstmal einen frischen Espresso aufsetzte.

Ein paar Minuten später war die Aufregung noch immer da.

„Sag, Liebes, was ist denn? So hab ich dich schon lange nicht mehr gesehen."

„Ich werde noch verrückt, Nonna!"

„Ach Schatz, sag so was nicht."

„Aber es ist wahr! Sieh nur, hier, ich hab alles schon zigmal in der Hand gehabt und jetzt da, dieses Gedicht!"

Sie hob Florentina den Brief mit der Schreibmaschinenschrift unter die Augen, während ihr Blick weiter in dem Stapel offener Briefe tauchte, so als mischte sie Runen eines großen Orakels.

„Ich kann leider nichts davon verstehen."

„Musst du auch nicht."

Raffaella war nun voll in Fahrt.

„Kannst du dich an diese Zeilen erinnern?"

„Puh, ich weiß nicht, Liebes. Vielleicht."

„Jemand hat etwas mit Schreibmaschine auf den Brief geschrieben."

„Vielleicht er."

Raffaella hielt schlagartig inne. Ihre Augen starrten Florentina an, als ginge es um eine wichtige Urkunde, eine, die sie nun doch noch dringend für die Uni brauchte und nirgendwo finden konnte.

„Na, Miguel", setzte Florentina beruhigend nach.

„Du meinst er hat ..."

„Warum nicht? Er hatte diese kleine Schreibmaschine all die Wochen bei sich. Ich sehe sie noch gut vor mir, in seinem Hotelzimmer an der Piazza auf dem Tisch am Fenster."

Raffaella wand den Blick zurück auf das noch immer schweigende Papier. Es hatte das Recht, seine Aussage zu verweigern! Doch sie würde nicht locker lassen. Die Buchstaben tanzten tatsächlich, als wären sie von einer sehr alten Schreibmaschine in den Brief gehackt worden. Ja, wenn sie die Zeilen noch einmal aus diesem Blickwinkel besah: Auch andere Wörter waren etwas höher oder niedriger, so als wäre alles darum bemüht, seinen Platz in der Reihe zu finden. Es sah noch immer lebendig aus.

„Dann war er doch ein Poet!", legte Raffaella nach.

Florentina zuckte unbeteiligt mit den Schultern. Für sie war das alles lange her und längst abgeschlossen. Dann griff sie nach einer der beiden Espressotassen und nahm einen kräftigen Schluck, genau in dem Moment, als Raffaella fast von der Couch gesprungen wäre.

„Ha, noch eines! Jetzt werd ich wirklich verrückt. Diesmal mit Titel. Schau hier! Nein, warte, ich les es dir vor."

```
Der Orient (L´oriente)

Es war einmal vor langer Zeit,
Dass der Orient sich verirrte
Er suchte hier und fragte dort
Wo ist denn nur mein Hirte?

Und als er keine Antwort traf
Legt er sich traurig nieder
```

Des nachts in einem hohen Gras
Und streckte stumm die Glieder

Und als er so nach oben sah
Kam der Himmel auf ihn nieder
Trauer, Wut, sie wurden still
Beim Anblick dieser Lieder

Es sang der Mond
Die Nacht wob warm
Der Orient,
Er wusste wieder
M.G.

Raffaella fehlten die Worte. Diese Zeilen passten gar nicht zu dem Bild, das sie von diesem Miguel hatte! Zeile für Zeile ging sie noch einmal durch die Worte und übersetzte so gut sie eben konnte und Florentina dankte es ihr mit einem Lächeln.

„Hier, schau, sogar mit Initialen. M.G. Ist er das?"

Raffaella konnte es immer noch nicht glauben.

„Das weiß ich nicht, Liebes?"
Raffaella war irritiert.

„Was heißt das, du weißt es nicht?"

„Ganz einfach. Er hat mir nie seinen Nachnamen verraten. Das heißt, vielleicht schon, nur, es war nicht wichtig, weißt du?"

„Das M. könnte stimmen."

Raffaella konnte sich kaum noch halten. Wer auch immer die Briefe auf der Rückseite beschrieben hatte: Er hatte eine zarte Seite.

Auch wenn sie nicht jedes Wort fühlen konnte, das in diesen beiden Gedichten stand, sie wirkten doch fein. Sie tanzten und sangen, noch immer. Doch etwas fehlte. Raffaella spürte es, so wie sie die Anwesenheit von Seelena die letzten Tage gespürt hatte. Doch sie war es nicht. Wo auch immer sie war, sie war gerade nicht bei ihr. Es musste etwas anderes sein. Und so fädelte sie sich raschelnd, Seite für Seite durch alle Rückseiten hindurch, bis es mit einem Mal vor ihr stand, schwarz auf weiß, in Courier: 1566

Mit einem Mal kehrte Ruhe in ihr ein. All das Rasen und die Unruhe waren plötzlich verschwunden, wichen einem weichen, ruhigeren Wasser, glatt und grün. Zahlen! Sie hatte von Anfang an beim Lesen der Briefe nach Zahlen gesucht. Hier waren sie, was auch immer sie zu sagen hatten. Es war gut, sie hier zu haben. Jetzt.

„Was meinst du?", linste Florentina verschworen über den Tisch. „Was bedeuten diese Zahlen?" In ihrer Stimme schwang Erleichterung mit. Erleichterung, ihre Enkelin nach einem Freiflug wieder auf dem Boden zu haben, dort, wo sie normal mit ihr reden konnte.

„Ich weiß nicht. Ich habe mich so verbissen in die Vorstellung, dass diese Briefe aus dem sechzehnten Jahrhundert sind, dass ich es gar nicht glauben kann. Es fühlt sich mit einem Mal so leicht an."

„Vielleicht. Vielleicht ist es auch alles anders."

„Wie meinst du das?"

Florentinas Lächeln wurde mit einem Mal weit, als bräuchte diese unverkennbare Weisheit, die nur das Alter einem schenken kann, Raum.

„Es war 1966."

„Aber hier steht ..."

„Ich weiß, was hier steht, Liebes, aber ich weiß auch, dass es 1966 war, und soweit ich mich erinnere, war Miguel im Mai gekommen. Mein Gott, das ist alles schon so lange her."

Raffaella verstand noch immer nicht.

„Nun, ich weiß, dass er bis zum Fest geblieben ist. Den Tag weiß ich nicht mehr genau, aber es muss unter der Woche gewesen sein, denn wir hatten dann noch ein ganzes Wochenende zusammen. Miguel und ich. Mein Gott, ich hab seinen Namen so lange nicht mehr ausgesprochen."

„Und?"

„Na, ich bin mir sicher, dass er im Mai gekommen ist. Ja, ich erinnere mich, es war Ostern, als ich umgezogen bin. Ein paar Wochen später war er da und er ist zehn Wochen geblieben. Zehn Wochen! An diese Zahl kann ich mich erinnern. Soweit ich weiß, hatte er den Urlaub eines ganzes Jahres für die Zeit hier genommen."

„Ich versteh noch immer nicht."

„Na, dann fang mal an zu rechnen, Liebes."

Raffaella war gerade überfordert. Die plötzliche Ruhe irritierte sie.

„Mitte Juli ist das Fest von Innamorata."
Raffaella nickte.

„*Sì*, vierzehnter Juli."

„Am Wochenende danach hab ich ihn das letzte Mal gesehen. Jetzt musst du nur noch zehn Wochen zurückrechnen."

„Mein Gott", stöhnte Raffaella „das ist ja wie bei einer Geburt ... Juli, Juni, Mai. Anfang Mai."

„Genau! Und jetzt schau noch mal in deine Briefe."

„1566."

„Nein, erster Mai neunzehnhundertsechsundsechzig."

Raffaella war baff.

„Du meinst ..."
Florentina nickte ihr blinzelnd zu.

13

Ihre Hände strichen entspannt über das kühle Leintuch, als sie am nächsten Morgen in ihrem Bett erwachte. Zum ersten Mal seit Tagen hatte sie keinen Traum gehabt. Sie hatte einfach nur gut geschlafen und ihrem Leintuch nach zu urteilen wohl auch ziemlich ruhig. Selbst die leisen Mückenstiche hatte sie verschlafen.

Es tat gut, keinen Plan zu haben und nicht für etwas aufstehen zu müssen. Zum ersten Mal, seit sie keine Schülerin mehr war, konnte sie dieses Ausschlafen genießen. Ihr Blick fiel hinaus zum Fenster auf die große Kiefer. Es war sonnig. Wenn sie nicht alles täuschte, war es Donnerstag. Sie würde erst einmal in aller Ruhe duschen und dann vielleicht mit ein paar Freundinnen an den Strand gehen. Unter der Woche waren die schönen Strände an der Nordküste nicht ganz so überlaufen.

Und zum ersten Mal seit drei Tagen setzte sie ihre Füße nicht über den unsichtbaren Steg der kostbaren Briefe, die all die Nächte neben ihr gelegen hatten. Sie waren oben in den Bergen, zurück in Florentinas Kommode. Sie vermisste nichts an ihnen, nur die feine Gegenwart Seelenas fehlte ihr. Seit sie die Ruine von San Lorenzo verlassen hatte, war sie nicht mehr bei ihr gewesen, und sie tröstete sich mit dem Gedanken, dass Seelena vielleicht doch ein Engel war, der gerade anderswo gebraucht wurde. Das stände ihr wahrlich gut!

Am Ende wurde es doch nicht die *spiaggia* Sansone im Norden der Insel. Francesca und Aurora hatten keine Lust, so weit zu fahren, und so fuhr Raffaella allein in Papàs Kombi die Serpentinen über Capoliveri Richtung Pareti hinauf, um sich mit den anderen zu treffen. Sie fühlte sich frei wie lange nicht mehr und die Musik im Radio zeichnete ihr ein pralles Lächeln auf die Lippen. Aufgeregt wippte ihre Strandtasche zum unverwechselbaren Sound der Chili Peppers hin und her. *You don't know my mind, you don't know my kind ...* Und als der Moderator im Anschluss die Radio-Premiere von Lanciottis neuem Song ankündigte, war ihr Tag perfekt!

„*Ciao, a tutti*", schleuderte die kehlige Stimme ihr Freudenfeuer in den Äther. „*Che bella giornata!* Die Sonne scheint, morgen ist Freitag und als Belohnung gibt es noch ein Wochenende drauf! Na, das haben wir uns aber verdient! Und für alle, die es noch nicht glauben können: Wir haben Donnerstag, den vierzehnten Juli, es ist zehn nach zwölf und hier ist eure Belohnung! *Sì, sì, sì, sì!* Die Neue von Andrea Lanciotti! Dreht das Radio auf, gebt eurem Nachbarn einen fetten Kuss. *Allora andiamo!*"

Der Song holte Raffaella sofort ab, auch wenn er keine fetten Beats an Bord hatte, sondern nur dieses fein mollige Akkordspiel am Piano und Lanciottis sanft angeraute Stimme, die von Tiefen wusste, in die sich nur wenige so öffentlich trauten. Dieser Song war ein Hit! Das hörte sie sofort. Jeder konnte das hören! Selbst die Staubteilchen in ihrem Wagen, die monatelang lethargisch in den Fugen gelegen hatten, begannen nun langsam im Sonnenlicht zu tanzen. Sie drehte das Radio lauter. Da war sie die erste Zeile!

„Ma non ho sentito ..."

Doch noch etwas anderes war an diesem Lied besonders, und so sehr, dass sie ganz vergaß einen Gang nach oben zu schalten. Sie konnte jetzt gar nicht anders, als mit diesem Lied im Fluss zu bleiben, sie musste sich einfach mit ihm treiben lassen.

Bedacht zeichneten ihre Lippen Andrea Lanciottis Stimme nach, als hätten sie das Lied zusammen geschrieben. Wie von selbst formte ihre Zunge Wort für Wort, ahnend, tastend, so lange, bis vor ihr die Bilder eines hellen Zimmers aus den kleinen sandfarbenen Lautsprechern auferstanden. Innerhalb weniger Takte war ihre Armatur zu einem riesigen Spiegel aus warmem, schwarzen Plastik geworden, in dem sie Takt für Takt weiter versank, gleich einem Moor, in das man sich fallen lässt, um sich von den ältesten, ziehenden Schmerzen zu kurieren, die die Liebe einem zufügen konnte. Jedes Wort konnte sie hören und ihr Geist übersetzte stolz ins Deutsche mit, ein Spiel, wie sie es gerne trieb, wenn Musik im Radio lief, die ihr gefiel. Und Lanciotti war Künstler genug, im rechten Moment zu schweigen. Alles war perfekt.

Sie drehte den Lautstärkeregler ganz nach rechts, nur eine Wimpernstärke vom Anschlag entfernt. Jetzt schnurrte der Kombi wie eine große, rote Katze die Serpentinen hinauf.

Lo avevo intuito, ma non ancora realizzato
　Geahnt hatt ich's, doch nicht gewusst
Che ancora sei qui, in questo canto
　Dass du noch hier bist in diesem Gedicht
Che ancora sei qui in queste righe
　Dass du noch weilst in diesen Zeil'n
Su questa carta, vivi in me
　Auf diesem Papier, hier bei mir wohnst

In questo luogo pieno di fiducia
   An diesem Ort voller Vertrau'n
Giaci qui davanti a me in questo blu
   Liegst hier vor mir in diesem Blau
Ti muovi qui nella carta come in uno stagno
   Schwimmst im Papier wie in einem Teich
Mhhh mia ninfea
   Mhhh Seerosengleich

Ho appena realizzato
   Hab's gerade erst erfahr'n
Mi sono allontanato brevemente per prendere qualcosa
   War nur kurz weg, nur kurz etwas hol'n
Ho lasciato queste righe per pochi minuti soltanto
   Ließ diese Zeilen doch nur Minuten alleine

E tu sei qui
   Und du bist hier
Ancora una volta qui
   Bist wieder hier

Jetzt setzten die Streicher ein und Lanciotti kam ans Mikrofon zurück, als hätte er im Studio in diesem Moment gerade noch einmal nach ihr gesehen. Ihr, die ihm noch immer fehlte, weil sich Liebe allein so schwer erzählen ließ. Und Raffaella nahm es an, das Duett:

Meraviglioso vederti, adesso toccarti
   Schön dich zu seh'n, ich fass dich jetzt an

Nei tuoi capelli gioca il mio amore
   Meine Liebe, sie spielt in deinen Haaren
La tua pelle vellutata, ancora la ricordo
   Bist immer noch weich, so wie ich es weiß
Il ricordo dell'ardore
   Erinner' mich gut, erinner' die Glut

Für eine Strophe würde die Straße noch reichen. Die rote Katze von Auto schlich nun ganz flach am Boden über den heißen Asphalt, als würde sie jeden Moment zu einem großen Sprung ansetzen.

Meraviglioso sentirti, l'acqua ancora tiepida
   Schön, dich zu spür'n,
   das Wasser noch warm
I fiori nei tuoi capelli cosi soffici
   Die Blüten so zart in deinen Haaren
Ascolta, la pioggia, cade dolcemente
   Hör', der Regen, er fällt weich
Sui nostri giorni insieme
   Auf unsere Zeit am Seerosenteich

Noch eine Kurve und sie hatte den höchsten Punkt von Capoliveri erreicht. Wie in Trance folgte sie am Ortsausgang einfach der Straße weiter nach Innamorata, während sie sanft den Fuß vom Gas nahm. Jetzt ging es noch ein paar Kilometer bergab bis zum Meer. Das müsste reichen, wenn die vom Radio nur Mut genug hatten, den Song ganz auszuspielen!

Accidenti, sono stato via per poco
   Verdammt, ich war nur kurz weg

Mi sei mancata, non volevo svegliarti
  Hab dich zwar vermisst, doch wollt' dich nicht wecken
Adesso giaci qui accanto a me
  Jetzt liegst du hier, neben mir
Pochi minuti soltanto
  Nur Minuten alleine

Raffaella deutete dem Spinett. Der Einsatz war perfekt, auch wenn es nur ein Cello war, das sich zum letzten Refrain noch dazu schlich.

E tu sei qui
  Und du bist hier
Ancora una volta qui
  Bist wieder hier
Nel mio spazio
  In meinem Revier

Dann war es still, ganze zwei Sekunden, bevor das dröhnende „Boaaaaaaaaaaaaah" des Moderators ihre Lautsprecher fast zum Platzen brachte.

Ein warmes Zittern durchfuhr ihren Körper, als sie die letzte Kurve bergab erreichte und spontan in einer der Parkbuchten über den Hoteldächern von Innamorata zum Stehen kam. Normalerweise dienten diese Haltebuchten denjenigen, die es nicht mehr erwarten konnten, einen Blick auf ihren Urlaubsstrand zu werfen. Was für eine Logik!, dachte sie in diesem Moment. Man konnte es nach zehn Stunden Autofahrt nicht mehr erwarten, seine Strandliege aufzuschlagen, und blieb doch kurz vor dem Ziel stehen! Solche Dinge zählten für Raffaella zum Kapitel „Grammatik des Lebens", das manchmal nur schwer zu verstehen war. Zeit, wertvolle Zeit! Wie kostbar war da so ein Lied, das noch Minuten nachklang und das Meer vom Wagen aus wie eine große, tönende Brücke überspannte.

Raffaellas Schenkel bebten, nur leicht, niemand hätte es sehen können, aber sie taten es. Normalerweise waren es die Texte, die entschieden, ob sich ihre Hand an das kratzende Sendersuchrad in der Mitte des Kombis wagte, um anderswo ihr Glück zu versuchen. Doch bei diesem Song war es anders. Die Musik war wie ein großes, weiches Bett, in das sie gerade gefallen war, während sich die Oleanderblüten frech an ihren Außenspiegel lehnten, als wollten sie ihre süß duftenden Ohren ganz an das warme Blech legen, um das Lied bis auf den letzten Tropfen auszukosten. Sie fühlte sich reich. Sie war glücklich, und vermutlich war es egal, wo auf dieser Welt sie in diesem Moment gewesen wäre, und sie hätte noch Ewigkeiten gebraucht, von dort zurückzukommen, wäre da nicht der Moderator nach Lanciotti gewesen, der wieder von der Gegenwart wusste. Zeit war ein Meer. Ein Datum ein Anker. Und dieser Mann wusste ihn zu setzen, genau vierzehn nach zwölf, direkt vor einer wichtigen

Verkehrsmeldung. Die kleine Welt auf ihrer Insel hatte sie wieder.

Ihr Atem wob noch immer schnell durch die Brust. Erst jetzt fielen ihr die kleinen Lastwägen der Gemeinde auf, die unten am Strand wie orangefarbene Heuschrecken ihre Spuren im Sand hinterließen, Stühle und Bänke auf ihren blanken Rücken trugen und immer wieder emsige Männlein ausspuckten, die Meter für Meter den Strand mit Schildern und Bändern verzierten.

Raffaella brauchte eine Weile, bis ihr bewusst wurde, dass der Anker im Radio genau zu diesem Fest passte, für das die Männlein so eifrig Stangen, Seile, Fackeln und antike Utensilien trugen! Jetzt machten auch die ungewöhnlich vielen Einheimischen Sinn, die sich zwischen Touristen tummelten, zu einer Zeit, in der alles nach Schatten rief! Erbarmungslos griff die Sonne durch das offene Fenster nach ihren Schultern. Heute war Donnerstag, der vierzehnte Juli. Der Tag, an dem das alljährliche Fest von Innamorata stattfinden würde, nicht weit von dem Strand, an dem sie sich gleich mit Sofia, Aurora und Francesca treffen würde.

Sie wollte gerade den Wagen starten, als ihre Finger wie hypnotisiert am Zündschloss kleben blieben. Aus dem noch immer bebenden Äther des Radios tauchte plötzlich Finis Stimme auf. Ja, es war ganz sicher Roberto Fini! Der Moderator ließ keinen Zweifel.

„Ihr Lieben, wie könnte man Lanciottis Zeilen toppen, wenn man nicht einen Dramaturgen wie Roberto Fini hier hätte! Hallo Roberto, was für eine Ehre, dich heute hier bei uns im Studio zu haben!"

„Ganz meinerseits", federte Finis Stimme die raue Wucht des Moderators ab.

Raffaella war entzückt! Das Radiomikrofon zeichnete seine Stimme bis ins Detail ab. Sie hatte ihm schon immer gerne zugehört. Nun konnte sie jede feine Fissur in seinen Stimmbändern hören. Fissuren, die von zwanzig Jahren Theaterarbeit in der Schule kamen. Zwanzig Jahre ohne Mikrofon. Doch seine Stimme war noch immer federnd. Ja, sie war federnd und schwang, als würde seine Zunge beim Sprechen eben nicht an Zähnen anstoßen müssen. Alles war im Fluss, wenn er sprach. Er sprach langsam und bedacht. Er war nicht nur ein Lehrer. Er war ein Orpheus unter den Gelehrten.

„Roberto, was hast du uns mitgebracht?"
„Einen Text passend zum heutigen Fest."
„Woher hast du diesen Text?"
„Nun, zur Geschichte von Innamorata gibt es wie bei allen Legenden verschiedene Versionen. Ich habe mir erlaubt, sie ein wenig einzufärben."

„Wow! Habt ihr das gehört? Roberto Fini bringt Farbe ins Radio. Das lassen wir uns nicht entgehen! *Allora.* Bitte, Roberto! Vorhang auf!"

„Danke. Es war im Jahre 1534, als Elbas Küsten von Barbarossa und seinen Sarazenen überfallen wurden. Piratenangriffe wie diese gab es viele. Doch dieser Angriff besiegelte auch die Liebe zwischen Lorenzo und Maria, einem Paar aus ungleichen Familien. Der eine wohlhabend, die andere arm wie das Land an seinen kargsten Tagen. Lorenzo war ein tapferer Mann, stellte er seine Kraft doch in den Schutz der Fischer und ihrer Boote, denn Schutz brauchte man zu dieser Zeit. Und Zeit gab es genug am Strand, an dem sich auch die Augen von Lorenzo und Maria trafen. Und sie taten es oft genug, dass dieser Ort ihr Geheimnis wurde, eine Zuflucht der Liebe, bis Lorenzo entschlossen genug war, eben dort um Marias Hand anzuhalten. Es war am Nachmittag des vierzehnten Juli, als Lorenzo schwanger von Liebe und Glück, seine Worte wohl bedacht, als erster am Strand erschien und dort nicht auf die Liebe, sondern eine Horde Sarazenen traf. Und als Maria mit Augen glänzend vor Euphorie, nur wenige Minuten zu spät, den Strand nach ihrem Geliebten abfischte, erblickte sie ihn kämpfend, schlagend und am Ende doch wehrlos in den schmutzigen Händen fremder Männer, die ihr mit einem Schlag nicht nur den Mann, sondern auch die Zukunft geraubten hatten. Denn wie leben ohne ihn? Und als sie sah, wie ein lebloser Körper vom Schiff der Räuber in die graue Haut des Meeres glitt, und sie ihn darin erkannte, stürzte sie ohne zu zögern die Klippe hinab. Wollte sie doch wenigstens im Tode mit ihm vereint sein. Zurück an Land blieb nur ihr Schal.

„Schwanger von Liebe und Glück, das klingt phantastisch", raunte der Moderator dazwischen, dem man seinen überbordenden Zigarettenkonsum spätestens jetzt anhörte. „Doch das war sicher nicht das Ende!" Er räusperte sich. „Wie ging es weiter, Roberto?"

Raffaellas Mundwinkel zogen sich noch einen Hauch weiter nach oben. Da war sie, die Seite, die sie nur wenige Tage zuvor in ihrem Ordner gesucht hatte.

„Nun, Jahre später kam Don Domingo Cardenas, selbst verstoßener Edelmann aus Spanien, an diese Stelle an den Strand und sah dort zwischen den Schleiern eigener Unglückseligkeit heraus ein seltsam schauderndes Spiel über die Haut des Meeres ziehen. Zwischen Blitzen und Jammer zuckte ein weißer Frauenkörper bettelnd und zaudernd über die blaue See wie eine Seele, die nur schwer Ruhe fand. Und als man ihm später die Geschichte von Lorenzo und Maria erzählte – Fischer waren es, die noch davon zu reden wussten – ,versprach Don Domingo, den Strand jedes Jahr zu diesem Tag mit tausend Fackeln zu erleuchten, damit die Seelen der beiden ihren Weg zurück an Land fanden. Und damit auch keine Chance vergeben blieb, war es ein Auftrag, der von Vater zu Sohn vererbt wurde, so wie Traditionen geboren werden. Auch der Strand erhielt dadurch einen neuen Namen. Man nennt ihn noch heute den Strand von Innamorata.

„So ist es, liebe Hörer! So wie Traditionen geboren werden. Danke Dir, Roberto, für diese lebendigen Zeilen!"

Raffaella sah Fini freundlich nickend. Er würde nicht zufrieden sein. Radio war eben nicht Theater. Auch wenn manche das glauben wollten. Eher eine stark abgespeckte Form der Komödie.

„Und bevor ihr nun in eure Smartphones schaut. Hier ist alles, was ihr wissen müsst: Halb neun geht es los, dann werden die tausend Fackeln entzündet. Und wer dem Festzug folgen möchte ist um halb zehn an der Piazzarella in Capoliveri. Danach ist Paaaaaaaaaarty, Leute! Morgen ist Freitag. Heute, ist Donnerstag, der vierzehnte Juli, für alle, die erst jetzt eingeschalten haben. Das war Roberto Fini. Danke, Roberto, für deinen Besuch!"

„Ich danke Dir, Alessandro!"

Und dann fand Fini doch noch seinen Abgang. Wie immer schloss er seinen Unterricht mit der altgriechischen Grußformel, die weitgehend dem römischen *salve* entsprach, aber um so vieles älter klang. Und wie immer im Plural.

„*Chairete!*"

Laura Pausini war nicht ganz passend als Abspann, aber Raffaella hatte noch immer ein breites Lächeln auf den Lippen, als sie den Wagen startete. Jetzt stand einem perfekten Strandtag nichts mehr entgegen! Ihre Freundinnen würden schon auf sie warten.

Einmal hatte ihr Handy bereits nach ihr gerufen.

14

Der Mond leuchtete voll und rund, als Raffaella nach einer kleinen Odyssee für einen passenden Parkplatz abends am Strand von Innamorata eintraf. Sie trug die Sandalen mit den über die Knöchel geschnürten Lederbändchen und das weiße, kurze Kleid, das sie sich nach dem Strand noch in der kleinen Boutique in Capoliveri gekauft hatte. So einen Tag musste man leben!

Sie warf noch einmal einen Blick auf ihr Handy. Nein, von ihren Freudinnen hatte sich niemand mehr gemeldet! Sie würde heute Abend wohl alleine auf dieses Fest gehen, obwohl *alleine* beim Anblick der vielen Menschen nicht der richtige Ausdruck war. *Solo* würde es schon eher treffen, so viele Paare, wie die letzten Minuten an ihr vorbeispaziert waren.

Sie wollte gerade ihr Handy zurück in die Schutzhülle schieben, als plötzlich wie aus dem nichts diese App auftauchte! Sie hatte nie eine Kalender-App benutzt, schon gar nicht installiert, doch sie war penetrant genug, sich in diesem Moment immer wieder vor den Messenger zu schieben! Es war einer dieser Momente, in denen einige ihrer Freundinnen ihr Smartphone schon an die Wand geschleudert hatten, so als müssten sie ihm beweisen, dass Italienerinnen am Ende doch mehr Temperament hatten als jede noch so hippe Software aus Asien!

Doch Raffaella entlockte es nur ein lautes „Pah!"

Und schon im nächsten Moment forderte sie die App zum Duell heraus. Entschlossen blätterte sie die Jahre immer schneller, weiter in die Vergangenheit zurück.

„Dann wollen wir mal sehen, was du alles kannst", fixierte sie stumm das leuchtende Display, während ihre Zähne die Lippen im Zaum hielten. Ein paar Mal hakte es, sprang wieder zurück, dann hatte sie was sie wollte. Ja, die App wusste es, das Jahr neunzehnhundertsechsundsechzig und auch den Tag dazu! Der vierzehnte Juli war ein Donnerstag, genau wie dieses Jahr!

Da war es, das zweite „Pah!"
Am liebsten hätte sie sofort Florentina angerufen. Doch es war schon spät. Außerdem würde das Rennen gleich losgehen. Und wenn sie ehrlich war, hatte sie die letzten Tage genug in den Geschichten anderer gewühlt. Es war Zeit, wieder dem eigenen Leben nachzugehen. Der Mädelstag am Strand mit ihren Freundinnen hatte ihr gut getan! Und statistisch gesehen, spielte es ohnehin keine Rolle. Okay, der vierzehnte Juli war vor fünfzig Jahren auch schon ein Donnerstag gewesen! Aber was ist mit all den anderen Jahren? Sicher war er unbemerkt dazwischen auch schon mehrmals auf einen Donnerstag gefal-

len, und sie hatte sich nicht darum gekümmert. Außerdem war es nicht ihr Tag, sondern der ihrer Nonna, und die hatte längst mit allem abgeschlossen. Was wollte man mit einem Abend, dem kein morgen folgte? Nein, für diese Frage gab es keine App, auch nicht für die, warum Miguel nicht wieder kam oder warum er die Briefe beschrieben hatte. Sie war nur froh, dass sich diese App jetzt wegwischen ließ, damit sie ihr Handy endlich in die Tasche packen und in die Traube von Touristen eintauchen konnte.

Und ein paar Minuten später fühlte sie sich schon selbst wie eine Touristin, aufmerksam und wartend, wie sie dort am Strand stand. Sie wünschte nur, Seelena könnte das alles sehen. Sie hatte sich seit dem Abschied in der weißen Stadt nicht mehr gemeldet. Wie gerne hätte sie sie jetzt dabei gehabt!

Doch etwas anderes war hier, als sie vom Verkaufsstand mit den gegrillten Fischen wieder an ihren Platz zurückkam. Etwas, das sie nicht einordnen konnte, aber es fühlte sich gut an, stark und warm, irgendwo weiter rechts hinten, und als sie in ihre Semmel mit frisch gegrilltem Schwertfisch biss, stand es plötzlich neben ihr und hatte eine Stimme.

„Der Schwertfisch ist hier die beste Option."

Raffaella wischte sich verlegen die Soße von den Lippen. Der Mann, der soeben neben sie getreten war, roch sehr gut. Sie wartete noch einen Augenblick, wollte ihm nicht gleich ihr Gesicht zeigen.

„Ja, dachte ich auch. Nur die Soße ist etwas unpraktisch."

„Das liegt am Mond. Perfekt ausgeleuchtet würde ich sagen."

Jetzt wollte sie doch wissen, wer da neben ihr stand! Er hatte etwas Ungewöhnliches an sich in seinem feinen Hemd und dann barfuß. Seine Nase war etwas zu groß für einen von dieser Insel, doch er sprach ein wenig Dialekt.

„Das ist immer so."

Der große Mann nickte. Er mochte wohl Ende zwanzig sein, wie er da stand mit seinen zum Zopf gebundenen Haaren. Jetzt nahm auch er einen ersten Bissen, so als hätte er ihr den Vortritt gelassen.

Sehr vornehm, dachte Raffaella.

„Bist du zum ersten Mal hier?"

„Mein Vater kommt öfter hier her. Wir haben ein kleines Haus, drüben in Nisporto. Ich glaube, das letzte Mal, als ich hier am Strand war, war ich zehn."

„Und auch barfuß."

Der junge Mann sah auf seine Füße.

„Stimmt. So hab ich das noch gar nicht gesehen. Wie Rituale eben sind."

Raffaella nutzte das kleine Zeitfenster, das ihr das Necken geöffnet hatte, um seine Zehen näher zu beschauen. Einen Bissen lang standen sie nur da und starrten gemeinsam auf die fein über den Sand streichenden Zehen. Der junge Mann hatte recht: Perfekt ausgeleuchtet, sogar dort unten im schattigen Nirgendwo.

Raffaella mochte sie. Fein gegliedert und nicht zu lang. Ästhetische Finger und Zehen fand sie wichtig, noch wichtiger, als die Art wie jemand seine Haare trug. Er roch noch immer gut. Ein Hauch von Exotik wehte sie an. Eher etwas Indisches. Vielleicht Patschuli.

„Lippenblütler", rutschte es plötzlich aus ihr heraus.

„Riziero."

Vor Schreck tropften beide gleichzeitig ihre Soßen in den Sand. Sie mussten herzhaft lachen.

„Nein, der Duft, ich meine ... es riecht nach Patschuli ..."

„Du kennst dich gut aus."

Raffaella nickte.

„Ich bin in einer Gärtnerei aufgewachsen." Von ihren Duschritualen mit all den exotischen Düften sagte sie nichts. Doch etwas in ihr traute ihm. Einfach so.

„Und du?"

Raffaella musste ihn sehr fragend angesehen haben, während sie ein weiteres Mal in ihre Semmel biss.

„Na *du*, wie heißt du?", wiederholte er seine Frage.

„Ach so. Raffaella."

Riziero kommentierte es mit einem Lächeln, während er mit seinen Zehen einen feinen Kreis um die frisch mit Soße getaufte Stelle im Sand zog.

„Wir sind eigentlich nur in den Semesterferien hier", schob er offen nach. „Mein Vater schreibt gerade an einem neuen Buch, und ich genieße einfach die Zeit und surfe ein wenig, das heißt, wenn es der Wind zulässt."
„Du studierst?"
Riziero nickte. Er hatte seine Semmel bereits fertig. Achtsam rieb er seine feinen Hände in die weiße Papierserviette.
„Ja, in Florenz. Kunstgeschichte. Im siebten Semester."
Raffaella sagte nichts. Sie war ein wenig abgelenkt.
Schon seit ein paar Minuten spürte sie noch eine andere, feine Aufmerksamkeit, die nicht weit hinter ihr war, und als sie sich umdrehte, blickte sie einer großen, schlanken Frau mit dunkelblonden, glatten Haaren ins Gesicht. Ihre Lippen zogen gerade genüsslich an einem Strohhalm, der in einer Dose Lemon Soda steckte. Sie lächelte, während sie zog. Ihr Gesicht war schön, ganz natürlich, ganz ohne Schminke. Ein bisschen zu viel Sonne hatte sie erwischt, aber es stand ihr gut. Offensichtlich war sie allein. Zumindest sah Raffaella niemanden, der zu ihr gehörte.
Fragend wandte sie ihren Blick zu Riziero. Doch der war ganz gefangen von dem Geschehen am Strand. Auch die anderen um sie herum wurden unruhig. Die Boote für den Wettkampf, der nun in wenigen Minuten beginnen würde, waren gerade zu Wasser gelassen worden, als mit einem Mal ein großes Raunen über den Strand ging. Wie eine La-

Ola-Welle zog es auch an ihnen vorbei. Doch sie konnte immer noch nicht sehen, was los war. Die Leute kamen in Bewegung, zückten ihre Smartphones. Zu den Fackeln kam plötzlich ein ganzes Meer an Kamerablitzlichtern dazu. Das war nicht Teil des Rituals! Das Rennen hatte noch nicht begonnen. Dann wurde auch Riziero immer länger. Seine Füße hatten ihr tanzendes Spiel aufgegeben, suchten ihren Stand wie auf einem Surfbrett, während sich sein Oberkörper räkelnd in die Luft schraubte.

„*Ecco!* Schau!", stupste er Raffaella an. „*Delfini.*"

Raffaella zog sich an seinen Schultern hoch. Sie konnte immer noch nichts sehen. Sie mussten irgendwo zwischen den ersten Booten sein, die nun schon ein ganzes Stück auf dem Wasser waren. Sie wollte jetzt nicht peinlich sein, aber sie konnte wirklich immer noch nichts sehen, auch wenn sie sich noch so sehr bemühte.

„Spring!"

Raffaella hatte nicht ganz verstanden.

„Na los, komm, mach schon!"

Riziero meinte es offenbar ernst, als er ihr einfach die Semmel aus der Hand nahm und sich vor ihr in den Sand kniete.

„Na los, steig schon auf!"

Im nächsten Moment saß Raffaella auf seinem Rücken. Einen Augenblick lang fühlte sie gar nichts. Sie war nur damit beschäftigt, ihr Gleichgewicht zu halten, und Riziero half ihr ein wenig, indem er entschlossen ihre warmen Knöchel umgriff.

Jetzt konnte auch sie die Tiere sehen! Niemals hatte sie damit gerechnet, im Sommer Delfine zu sehen! Im Winter, ja, im Winter kamen sie schon mal in die kleinen Buchten hier auf Elba, doch im Juli war das Wasser laut und warm, von der Sonne und den vielen Touristen.

Sie sah zuerst die kleinen, weiß aufkräuselnden Wellen, die sich ziemlich schnell von hier nach dort bewegten. Sie hatte Mühe, sie nicht aus den Augen zu verlieren. Selbst bei guter Ausleuchtung musste man sich ganz schön anstrengen, sie zu sehen. Doch der Mond ließ keinen Zweifel. Nach der ersten gemeinsamen Choreografie war klar: Das hier waren Delfine! Zum ersten Mal in ihrem Leben sah sie hier auf der Insel Delfine!

Verspielt zogen die Tiere ihre Figuren um die Boote, die jetzt richtig in Fahrt kamen. Sie hatten den Startschuss ignoriert und waren einfach drauflosgerudert! So etwas hat es noch nie gegeben!

Das Raunen um sie herum war mittlerweile in ein durchgehendes Pfeifen und Johlen gemündet. Raffaellas Sinne kamen allmählich zurück. Als erstes spürte sie die Wärme an ihren Schenkeln. Riziero hatte erstaunlich ruhig gehalten. Es war gar nicht so schwer, auf ihm zu reiten. Und doch war er so nervös, dass er gleich ihren Rest Semmel aufgegessen hatte. Dafür konnte sie jetzt, thronend wie sie dort oben saß, seine Haare riechen. Ein bisschen Kokos war mit drin, und sie erlaubte sich, sie anzufassen. Hier oben würde ihr nichts passieren. Heute nicht.

Dann fiel ihr Blick zurück aufs Meer. Sie war sich nicht sicher, ob auch die anderen es sehen konnten, aber um ein paar der Delfine leuchtete das Meer tatsächlich ein wenig heller. Sie dachte erst, es wäre der Mond, der sich in der Bucht vor ihnen spiegelte, doch das Leuchten bewegte sich mit ihnen.

Maria hatte jedenfalls alle Mühe, die Aufmerksamkeit der Ruderer zu gewinnen, wedelnd, wie sie mit dem weißen Schal am anderen Ende der Bucht in den nachtgrauen Klippen stand. Eigentlich war der Fall des Schals ihr Höhepunkt in diesem Ritual. Doch an diesem Abend war alles anders. Lautlos glitt er die Klippen hinab ins Meer, begleitet von der Welle des Pfeifens und Johlens, die noch immer von der einen Seite des Strandes zur anderen wob. Wer auch immer dieses Jahr Maria war, sie konnte sich als diejenige wähnen, die damals dabei war! Damals, als Delfine die Boote in der Bucht von Innamorata eskortierten! Aber sie war auch diejenige, die an diesem Abend nicht allein im Mittelpunkt stand. Einige ihrer Schulfreundinnen waren schon einmal Maria gewesen, hießen sie nun Paula, Alessia oder Bianca. Sie alle hatten ein paar Wochen von diesem bescheidenen Ruhm gezehrt. Doch heute war alles anders, und als der Schal endlich sicher in einem der Boote war, nachdem ihn einer der Männer aus dem nachtschwarzen Meer gefischt hatte, drehten die Tiere ab, nahmen Kurs aus der Bucht und ließen den verbleibenden Ruhm den mutigen Ruderern und Schwimmern.

Erst jetzt bemerkte Raffaella, dass sie vor Aufregung schon eine ganze Weile in Rizieros Haarzopf spielte. Vertraut streunten ihre Finger in den festen Haaren umher, so als wären sie hier zuhause, während sein Hemd blaugrün unter ihren Schenkeln schimmerte. Es war noch immer warm.

Raffaella blickte sich um. Auch die Frau mit dem Lemon Soda stand noch immer hinter ihr. Lächelnd sah sie Raffaella an. Sie sah mit einem Mal so viel älter aus. Immer noch attraktiv, aber älter als vorher. Vielleicht hatte Raffaella auch nur einen Moment Angst gehabt, sie könnte zu ihm gehören, dem Mann und den Schultern, auf denen sie noch immer saß. Nur, ihre Hände, die um den Strohhalm spielten, kamen ihr so bekannt vor.

Der Wind hatte gedreht. Der Geruch brennender Ölfackeln wehte nun direkt zu ihnen herüber. Raffaella hielt kurz den Atem an. Auch die Frau hörte auf, an ihrer Dose zu ziehen. Dann wandte sich Raffaella wieder dem Meer zu. Riziero machte noch immer keine Anstalten, sie herunterzunehmen. Sein Blick war bei den Booten, die nun eines nach dem anderen wieder den Strand erreichten, umgarnt von einer aufgekratzten Meute Männer, die sie mit vereinten Kräften zurück an Land zogen.

„Und von der weißen Stadt erzählst du nichts?"

Raffaella drehte sich erschrocken um. Die Frau hatte nichts gesagt. Ihre Wangen saugten bereits den letzten Rest aus der Dose. Dann, mit einem Mal, war ihr klar, wo sie diese Hände das letzte Mal gesehen hatte! Es war gerade mal ein paar Stunden her. Sie wusste nicht, ob das jetzt passte. Eigentlich wollte sie ... Nein, sie war froh, Seelena wieder zu hören. Offenbar hatte sie sich der Freude dieser Frau bedient, um mit ihr in Kontakt zu kommen.

„Was meinst du?", gab sie innerlich zurück, während sie weiter in Rizieros Haar tauchte.

„Na, von Florenz."

Raffaella schüttelte den Kopf. Es war eine feine Bewegung, die nur sie beide sehen konnten.

„Florenz ist keine weiße Stadt."

Die gelbe Schrift auf der leeren, schwarzen Dose leuchtete im Schein der Fackeln nun so stark, dass sie beide auch Teil eines Werbespots hätten sein können, einem für Deutsche, denn die Frau sagte nur:

„Hallo. *Incredibile, no?*"

„Hallo", gab Raffaella lächelnd zurück und war froh, dass diese Frau nicht zu dem Mann unter ihr gehörte. Dann hörte sie Seelenas Stimme ein letztes Mal und die Worte kamen wie ein Segen über sie.

Wind in den Segeln zur rechten Zeit
Anker und Ruder allseits bereit
Wünsch ich dir von Herzen
Es sei

Raffaella nahm die Hände aus Rizieros Haar und legte sie flach von oben auf seine Brust. Es war die spontane Raffaella, die das wollte, und es tat unglaublich gut. Es waren Minuten, die auch Stunden hätten sein können, und Rizieros Sportgeist war noch immer wach. Sie konnte ihn spüren, wie er von seinem Herz bis in die Schulter schlug, in satten Zügen die Ruderbewegungen der letzten Männer begleitete, die dort vorne an Land kamen, so als wären sie viele Jahre draußen auf hoher See gewesen.

Raffaella richtete ihre glückfeuchten Augen zum Mond.

„Sag, Riziero. Welche Oleanderblüten hast du am liebsten?"

„Die rosafarbenen. Warum fragst du?"

In diesem Moment war sie Delfin und Wasser zugleich, Welle und Ruder, Sonne und Mond. Und Rizieros Worte entfesselten ein Lächeln in ihr, das wie ein sanft sprudelnder Quell von ihren Schenkeln hinauf unter ihr Kleid bis zu ihren Brustwarzen zog, sie zärtlich umspülte und schließlich wie ein feuchter Tropfen feinster Essenz hinab in ihren Bauchnabel perlte. Dort war er, der See, an dem sich jede Regung spüren ließ. Seelena hatte recht! Dieser See im Mondschein war das Schönste, das man als Frau in so einem Moment erleben konnte.

Die rosafarbenen. Welche Worte hätten in diesem Augenblick mehr Lust in ihr wecken können? Lust zu treiben, Lust zu atmen, Lust zu lieben oder einfach dahin zu gehen, wo niemand sie beide störte.

Epilogo

Die Geschichte und Lebensumstände der Protagonisten in diesem Buch sind frei erfunden, Ähnlichkeiten mit lebenden Personen rein zufälliger Natur. Die öffentlichen Orte und Plätze der Insel können freilich besucht werden.

Mein inniger Dank gilt an dieser Stelle meiner treuen Gefährtin und Partnerin Christine ohne die all die besonderen Orte dieser Welt nicht so leuchten würden.

Danken möchte ich an dieser Stelle auch meiner langjährigen Lektorin Mica. Danke auch, Lilian, für die wertvollen Hinweise zum ersten Manuskript.

Mein besonderer Dank gilt der Familie Blandi/Mura, die mir auf dieser Insel über all die Jahre zu einem persönlichen Ankerplatz geworden ist.

Ein herzlicher Dank gilt Santa, der „Pferdeflüsterin" von Porto Azzurro – auch wenn sie sich niemals so bezeichnen würde – dafür, dass sie mir immer wieder auch die „andere" Sprache der Insel zeigt, dort, wo Worte allein nicht hinkommen.

Molto Grazie anche a Assunta Galasso e Giovanna Donnini für die Übersetzung der „Balkonszene" und „Seerosengleich".

Nicht zuletzt habe auch ich ein Versprechen gegeben, die Herkunft der Briefe nicht zu verraten. Möge der Wind in den Segeln dieser Liebe stets von Frieden begleitet sein.

Fine

Bereits erschienen:

Roman, Paperback, 260 Seiten, 14,95 €
Erhältlich über den Buchhandel
und alle großen Online-Händler
ISBN 978-3-7412-6205-0
Auch als E-Book erhältlich! 8,99 €

Zum Buch

Völlig unerwartet wird der junge Hirte Astacho in das Schicksal scheinbar vergangener Zeiten entführt. Die überraschende Hochzeit seines Königs lässt ihn eine Liebe erfahren, die ihn über Leere und Einsamkeit bis in die Fremde treibt. Doch er findet Mut und einen Weg zurück. Eine märchenhaft-mystische Geschichte über die Liebe und das Wesen unserer Zeit.

Leserstimmen

»Es war eine Melodie! Das Meer, die Bäume, das Pferd und die Liebe! Nicht nur für die Ohren, sondern Musik für alle Sinne! Der einzige Nachteil: Es ist etwas kurz! Gerne hätte ich noch weiter gelesen...« Susanne B., Zürich

»Es war faszinierend, den Bildern verschiedener Welten nachzugehen und damit selbst auf den Weg mitgenommen zu werden. Eine Mischung von Magie, Mythologie und fantasievollen Bildern der Liebe und Sehnsucht.« Gerd F., Innsbruck

*»Astacho adelt die Dinge, die uns auf unserem Lebensweg ständig begleiten; die Bäume, die Gräser, die Natur insgesamt.«
Heinrich Mühlhofer, Steinhöring*

Weitere Leserstimmen via www.elarena.de

florian w. huber
highway to ataraxia

14 Kurzgeschichten, Essays und Gedichte,
Paperback, 100 Seiten, 9,80 €
Erhältlich über den Buchhandel
und alle großen Online-Händler
ISBN 978-3-7357-8802-3
Auch als E-Book erhältlich! 4,49 €

Zum Buch

In vierzehn Geschichten führt uns der Philosoph und Songwriter Florian W. Huber in diesem Buch auf den Highway to Ataraxia, vorbei an mythologischen Landschaften, lyrischen Hainen und philosophischen Lichtungen.

Leserstimmen

»Ein Buch voller Lebensweisheiten [...] Dieses Buch enthält so liebevoll geschriebene Geschichten und Gedichte, [...] dass ich dieses Büchlein immer wieder zur Hand nehmen und mich verzaubern und treiben lassen werde.« Steffi B., Rimsting

»Mit Achtsamkeit entführt jede dieser kleinen Geschichten den Leser ein Stück näher zu sich selbst. Das Buch ist ein Leitfaden zu sich selbst und wunderschön geschrieben« Regina S., Prien am Chiemsee

»[...] Einfach wunderbar! [...] und am nächsten Tag schmeckt der morgendliche Kaffee nach Lavendel und Sonne!« Barbara via Amazon.

Weitere Leserstimmen via www.elarena.de

Musik

Lausch Das! inkl. der Debüt-Single Seerosengleich (Musik & Text: Florian W. Huber) und der Hermann Hesse-Vertonung von Welkes Blatt (Musik: Florian W. Huber, Text: Hermann Hesse).

Bestellbar als CD via www.hertzblut.de oder online als Download über alle großen Musikhändler wie Amazon, iTunes und Co.

Über den Autor

Foto: www.woifiart.de

Florian W. Huber ist Magister der
Philosophie und Doktor der Psychologie.
Er lebt und arbeitet als freier Philosoph,
Therapeut und Songwriter im Chiemgau.

Leserstimmen zum Buch
gerne per Post oder E-Mail.

Autorenkontakt:
Dr. phil. Florian Huber
Langbürgnerseestr. 24
D-83093 Bad Endorf
Tel. 08053/7951910
E-Mail: info@elarena.de
www.elarena.de